JUMP j BOOKS

ブラック・クローバー

BLACK CLOVER

ユノの書《しょ》

田畠裕基
yūki tabata

ジョニー音田
johnny onda

Characters

アスタ Asta

所属《しょぞく》：黒《くろ》の暴牛《ぼうぎゅう》　魔法属性《まほうぞくせい》：無《な》し(反魔法《アンチまほう》)

魔力《まりょく》は無《な》いが、鍛《きた》え上《あ》げた肉体《にくたい》とガッツを武器《ぶき》に魔法帝《まほうてい》を目指《めざ》す。

ユノ Yuno

所属《しょぞく》：金色《こんじき》の夜明《よあ》け　魔法属性《まほうぞくせい》：風《かぜ》

魔法帝《まほうてい》を目指《めざ》す少年《しょうねん》。アスタとは親友《しんゆう》でありライバル関係《かんけい》。風《かぜ》の精霊《せいれい》・シルフを従《したが》える。

クラウス・リュネット

Klaus Lunette

所属《しょぞく》：金色《こんじき》の夜明《よあ》け

魔法属性《まほうぞくせい》：鋼《はがね》

生真面目《きまじめ》で頭《あたま》の固《かた》い青年《せいねん》。アスタの実力《じつりょく》を認《みと》めている。

ミモザ・ヴァーミリオン

Mimosa Vermilion

所属《しょぞく》：金色《こんじき》の夜明《よあ》け

魔法属性《まほうぞくせい》：植物《しょくぶつ》

ノエルの従姉妹《いとこ》。おっとりとしていて天然《てんねん》な性格《せいかく》。

ウィリアム・ヴァンジャンス

William Vangeance

所属《しょぞく》：金色《こんじき》の夜明《よあ》け

魔法属性《まほうぞくせい》：世界樹《せかいじゅ》

ミステリアスな金色《こんじき》の夜明《よあ》け団長《だんちょう》。なぜかヤミと馬《うま》が合《あ》う。

ベル

Bell

精霊《せいれい》

莫大《ばくだい》な魔力《まりょく》でユノをサポートする風《かぜ》の精霊《せいれい》。

ユリウス・ノヴァクロノ

Julius Novachrono

魔法帝《まほうてい》
魔法属性《まほうぞくせい》：時間《じかん》

クローバー王国最《おうこくさい》強《きょう》の男《おとこ》。珍《めずら》しい魔《ま》法《ほう》に目《め》がない。

ヤミ・スケヒロ

Yami Sukehiro

所属《しょぞく》：黒《くろ》の暴牛《ぼうぎゅう》
魔法属性《まほうぞくせい》：闇《やみ》

強面《こわもて》で気性《きしょう》はあらいが、実力《じつりょく》と人望《じんぼう》を兼《か》ね備《そな》えた団長《だんちょう》。

ジャック・ザリッパー

Jack the Ripper

所属《しょぞく》：翠緑《すいりょく》の蟷螂《とうろう》
魔法属性《まほうぞくせい》：裂断《れつだん》

ヤミをライバル視《し》する翠緑《すいりょく》の蟷螂団《とうろうだん》長《ちょう》。非常《ひじょう》に好戦的《こうせんてき》。

シャーロット・ローズレイ

Charlotte Roselei

所属《しょぞく》：碧《あお》の野薔薇《のばら》
魔法属性《まほうぞくせい》：荊《いばら》

クールかつ美《うつく》しい団長《だんちょう》。ヤミに想《おも》いを寄《よ》せている。

メレオレオナ・ヴァーミリオン

Mereoleona Vermillion

所属《しょぞく》：紅蓮《ぐれん》の獅子王《ししおう》
魔法属性《まほうぞくせい》：炎《ほのお》

王撰騎士団《ロイヤルナイツ》団長《だんちょう》。荒《あら》々《あら》しい性格《せいかく》で戦闘能《せんとうのう》力《りょく》の高《たか》さは折《お》り紙《がみ》付《つ》き。

ノエル・シルヴァ

Noelle Silva

所属《しょぞく》：黒《くろ》の暴牛《ぼうぎゅう》
魔法属性《まほうぞくせい》：水《みず》

王族《おうぞく》の血筋《ちすじ》。心優《こころやさ》しいが素直《すなお》になれない不器用《ぶきよう》な少女《しょうじょ》。

Story

魔法《まほう》がすべての、とある世界《せかい》――。最果《さいは》ての村《むら》・ハージの教会《きょうかい》に同《おな》じ日《ひ》に捨《す》てられていたアスタとユノは、互《たが》いに魔道士《まどうし》の頂点《ちょうてん》・魔法帝《まほうてい》になることを夢見《ゆめみ》て努力《どりょく》を重《かさ》ねる日々《ひび》を送《おく》っていた。

15歳《さい》になる年《とし》に、持《も》ち主《ぬし》の魔力《まりょく》を高《たか》める“魔導書《グリモワール》”を与《あた》えられた二人《ふたり》は、魔法帝《まほうてい》直属《ちょくぞく》の魔道士軍団《まどうしぐんだん》である、魔法騎士団《まほうきしだん》の入団試験《にゅうだんしけん》を受《う》ける。その結果《けっか》、九《ここの》つある軍《ぐん》団《だん》の中《なか》から魔力《まりょく》の強《つよ》いユノは、エリート集団《しゅうだん》『金色《こんじき》の夜明《よあ》け』、魔力《まりょく》が一切無《いっさいな》いアスタは、ならず者集団《ものしゅうだん》『黒《くろ》の暴牛《ぼうぎゅう》』に所属《しょぞく》することに。ついに二人《ふたり》は魔法帝《まほうてい》への第一《だいいっ》歩《ぽ》を踏《ふ》み出《だ》したのであった――。

本書《ほんしょ》は、天才的《てんさいてき》な魔法《まほう》の技術《ぎじゅつ》を生《い》かし、最強《さいきょう》の魔法騎士団《まほうきしだん》と称《しょう》される『金色《こんじき》の夜明《よあ》け』でも破格《はかく》の新人《しんじん》として活躍《かつやく》するユノの、日常《にちじょう》と戦《たたか》いを描《えが》いた、初《はじ》めての小説《しょうせつ》である！

CONTENTS

BLACK✽CLOVER

ユノの書《しょ》

1 2 3 4

一章《いっしょう》✿金色《こんじき》と黒《くろ》

「……いよいよ、始まるのだな」

固い声でそう告げながら、『金色《こんじき》の夜明《よあ》け』団の団員、クラウス・リュネットは、緊張に震える手で黒ぶち眼鏡《めがね》を押し上げた。

同じく『金色の夜明け』団の団員であるミモザ・ヴァーミリオンも、彼女にしては珍しく、神妙な面《おも》持ちで深呼吸をする。

「ええ。覚悟は……できていますわ……！」

彼らの緊張が伝わったのか、ミモザの近くを飛んでいる、女の子の姿をした精霊《せいれい》——ベルは、人間の手のひらほどしかない小さな身体《からだ》を震わせた。

「ちょ、ちょっと、なにビビっちゃってんのよ⁉　こんな任務大したことないじゃない！わ、わたしとユノが力を合わせれば、どんな強敵だってイチコロなんだからっ！」

気丈《きじょう》に振舞う彼女だが、その声は心なしかいつもより小さい。四大精霊のひとつ、風の精霊『シルフ』である彼女でさえも、今回ばかりは尻《しり》ごみをしている様子《ようす》だった。

「……ベル。オレの胸ポケットに入ってろと言ってるだろ」

そんなベルに向けて静かな声をかけたのは、精霊《ベル》に選ばれし少年――ユノ。

初代魔法帝《まほうてい》も授《さず》かったとされる四《よ》つ葉《ば》の魔導書《グリモワール》を持ち、入団一年目で『金色の夜明け』団の精鋭集団への仲間入りを果たした、天才魔道士《まどうし》だ。

彼はゆっくりと目を開け、静かな足取りでクラウスとミモザの前に立った。

「ふたりとも構えてください……来ますよ」


『金色の夜明け』団。

魔法帝直属の騎士団――魔法騎士団《まほうきしだん》の中でも、選《え》りすぐりのエリートだけが所属することを許された、精鋭の集団だ。

彼らの任務は非常に多岐《たき》にわたり、常に苛烈《かれつ》を極《きわ》める。

今回、ユノ、クラウス、ミモザに命じられた任務も、相当過酷な部類に入るだろう。

最悪、正気を保《たも》っていられないかもしれない。

今まで数々の死線を乗り越えてきたユノたちだが、今回ばかりはそんなことを思ってしまう。それほどまでにこの任務の危険度は高く、そしてなにより、特殊なのだ。

その内容とは……。

「えー、紳士淑女《しんししゆくじよ》の皆様、本日はお集まりいただき、まことにありがとうございます。この屋敷の当主、ライド・バイラルでございます」

壮年の男性――ライドが拡声《かくせい》魔法を使って挨拶《あいさつ》を始め、ユノたちは身を固くした。

彼らがいまいるこの場所は、魔法騎士団の叙勲式《じよくんしき》を行った会場の、さらにその倍ほどの広さがありそうなパーティ会場だ。

その中は、ドレスで着飾った女性と、スーツ姿の男性であふれかえっていた。

会場の上座に備《そな》えつけられた演台の前で、ライドが挨拶を続ける。

「それでは定刻となりましたので、パーティを始めさせていただきたいと思います」

そう。今回ユノたちが潜入することになったのは、とある貴族が主催する社交パーティだ。

ただ、普通の社交パーティではなく……。

「皆様が、運命の赤い糸で結ばれたお相手と出会えることを、心より願っておりますっ！」

――婚活社交パーティ。

そういった俗称《ぞくしよう》で呼ばれるパーティに潜入し、参加者の貴族たちから、とある情報を聞き出すこと。それが今回ユノたちに課せられた任務だった。

そのためには、ある程度相手との関係性を深めなくてはいけない。

見知らぬ貴族たちと、趣味や仕事の話、また、流行《はや》りのスイーツの話題や恋バナで盛りあがり、楽しいひと時を過ごさなければならないのだ。

彼らは優秀な団員だ。しかし、だからといってコミュニケーション能力に秀《ひい》でているわけではないし、もちろん婚活《こんかつ》の経験もない。

というか、異性とそういう目的でお喋《しゃべ》りをしたという経験が、まずない。

つまり彼らは、ゲロを吐きそうなほど緊張しているのだ。

「……ひっ、ひィッ⁉　動きだしましたわ！」

会場内の男女がわらわらと動きだす。ミモザはガタガタと震えながら、

「え、えっと、なんでしたっけ、まずは……お、お相手の方の容姿の良《よ》し悪《あ》しについて触ればいいのでしたっけ⁉」

クラウスは想像する。ミモザのようなかわいい女の子に、初対面でいきなり『あなた、神経質そうな顔をしていますのね。苦労がたたっておハゲにならないか心配ですわ』なんて言われている自分を。ダメだ。開始三秒で心がバキバキになる。

「落ち着け、ミモザ！　天然失礼にもほどがあるぞ！　ま、まずは相手の職業や趣味を掘り下げ、話題につながりそうなものを見つけるのだっ！」

そこでベルがユノの胸ポケットから顔を出し、ヒソヒソ声で議論に参加する。

「でもクラウス、相手に同じこと聞かれたらどうするのよ⁉　アナタの趣味って建築鑑賞と

かなんでしょ！　それに興味を持ってくれる女子なんているの⁉」

「っぐ、そ、それは……っ！」

ニッチな趣味の弱点を突かれたクラウスは歯噛《はが》みする。

その様子を見たミモザは『はわわ』と、さらに混乱したような様子で、

「ああ、どうしましょう、どうしましょう……で、では、お相手の年収をお聞きするのはいかがでしょう⁉」

「『では』の使い方どーなってんのよ⁉　それ初対面で一番やっちゃいけないヤツっ！」

その後も進展のない議論を続ける一同を尻目《しりめ》に、ユノは小さく嘆息《たんそく》する。

（オレ、そういうキャラじゃないはずなのに……）

そうは思ったものの、そんなことも言っていられないだろう。

この任務を言い渡されたのが数時間前で、この会場に着いたのはつい数分前。ろくに作戦会議もできないまま今に至ってしまったのだ。少しは話し合う時間が必要だろう。

混乱する一同に向けて、ユノは諭《さと》すような口調で言う。

「……落ち着いてください。まずは任務の内容をきちんと再確認しましょう」

現状、進むべき道がわからないのなら、まずは原点に立ち返ることが重要だ。

それは、ユノが子どものころから繰《く》り返《かえ》してきたルーティーンでもある。

道に迷った時も、つらい時も、悲しい時も、幼き日にした『あの誓い』を思い出せば、背中を押されているような感覚になり、自分の進むべき道が見えてくるのだ。

……まあ、そのたびにアイツの能天気《のうてんき》な笑顔も思い浮かんで、ついクスリと笑ってしまうのが難点ではあるのだが。

それはともかく。

ユノは今回の任務の発端《ほったん》——四人で呼びだしを受けた時のことを回想した。


数時間前。『金色の夜明け』団本拠地《ほんきょち》にて。

急遽《きゅうきょ》呼びだしを受けたユノたちは、とある執務室に並んでいた。

先頭に立つクラウスが、部屋の主《あるじ》から先ほど言い渡された言葉を復唱する。

「貴族の間で、違法な魔導具《まどうぐ》の取引が行われている……ですか」

その言葉に、部屋の主——ウィリアム・ヴァンジャンスは、クラウスたちとはデスクを挟《はさ》んだ向かい側の椅子《いす》に腰かけながら、静かに顎《あご》を引いた。

「うん。ほかの団員たちの調査によって、そのようなことが浮《う》き彫《ぼ》りになったらしい」

彼の口元にはいつも通りの優雅な笑《え》みが浮かんでいるが、その口調は少しばかり固い。

「まあ、貴族たちが暗躍《あんやく》すること自体は珍しいことじゃない。問題がない、とまではいかないにしても、わざわざ騎士団が出動するようなことでもないのだけど……」

「……今回の場合、その『取引されている魔導具』というものに、問題があると？」

クラウスの質問に、ヴァンジャンスは再《ふたた》び頷《うなず》く。

「詳細《しょうさい》はまだ調査中なのだけど、その魔導具──『原罪《げんざい》』は、魔導書《グリモワール》の形状をしていて、持ち主の魔力を爆発的に増やし、性格を凶暴化させる。そして最終的には、魔力を暴走させてしまうという、危険な代物《しろもの》らしい」

「そんな危険なものが……!?」

答えつつクラウスは考える。どの程度まで魔力を増大させるのか。持続時間はどれくらいか。また凶暴化するというのは、どの程度人格が変異し、どうすれば元に戻るのか……など、不確定要素はあるものの、そんなものが悪意ある者の手に渡ってしまったら、十分な脅威になりえる。絶対に阻止《そし》すべきだろう。

それに年に一度の騎士団の祭典『星果祭《せいかさい》』の日も迫《せま》ってきているのだ。ここで大きな功績をあげれば、星の取得数を大幅に稼《かせ》げる。団長への忠義を示すことができるのだ。

いつも以上の責任感、そして少しの高揚《こうよう》感を胸に秘めながら、クラウスは問いかけた。

「それで、ヴァンジャンス団長、我々はいったい、なにをすればよろしいですか？」

「うん。急で申《もう》し訳《わけ》ないのだけど、君たちにはいまから、とある貴族が主催する社交パーティに潜入してもらいたい」

ヴァンジャンスはそう言って、デスクの上にある布袋を開けた。中から出てきたのは、かわいらしいドレスが一着と、仕立ての良い燕尾服《えんびふく》が二着だ。これを着てパーティに潜入しろ、ということらしい。クラウスはそれを手に取りながら言う。

「なるほど。パーティに出席している貴族の中に、その魔導具……『原罪《げんざい》』の所有者が紛《まぎ》れこんでいる。ないしは、そのパーティの中で取引が行われている、ということですか？」

「君は理解が速くて助かるよ。その通りだ。両面を視野に入れて捜査してほしい」

ヴァンジャンスはデスクの引き出しへと手を伸ばし、羊皮紙《ようひし》の束《たば》を取り出した。

「これは社交パーティの内容や、主催者と参加者のことを簡単にまとめた資料だ。先ほど上がってきたもので、私もまだ詳《くわ》しく目を通していないのだが、行く途中にでも……ん？」

資料を一瞥《いちべつ》したヴァンジャンスの表情がわずかにひきつった。

普段《ふだん》は見せない表情の変化に、すかさずクラウスが声をかける。

「どうかされましたか、ヴァンジャンス団長？」

「えーっと……いや、うん。私も、いま知ったのだけど……」

彼にしては非常に珍しく、慎重《しんちょう》に言葉を選ぶようにして、

「……その社交パーティというのが、少し特殊な趣旨《しゅし》で行われるもののようなんだ。……同

じ目的を持った者たち同士が集まる、というか、その目的が限定的というか……まあ、資料を見ればわかることなのだけど……」

「でしたら問題ないですよ。行く途中に目を通させていただきます」

「……うん。そうか、なら、よいのだけど」

どこかぎこちない口調で言いつつ、ヴァンジャンスは資料をクラウスに手渡した。その姿に違和感を覚えつつも、クラウスは資料を脇《わき》に挟み、反対の手で三《み》つ葉《ば》の敬礼《けいれい》をした。

「それでは、行ってまいります、ヴァンジャンス団長！『原罪』は我々がひとつ残らず回収し、それを流布《るふ》させている悪辣《あくらつ》なる貴族も、一網打尽にして見せます！」

「う、うん。よろしく頼んだよ……」

「ハッ！　必ずや！」

そんな儀礼的なやりとりをしたのち、ヴァンジャンスは聞こえるか聞こえないかくらいの小さな声で、自分の中の罪悪感に折り合いをつけるように、静かに言う。

「……あの、手の空《あ》いている魔法騎士団員が見つかったら、増援として送ってあげるからね……それで、許してくれると幸いだよ」

そんな言葉に送り出されて、クラウスたちは部屋を後にしたのだった。

そして至る、現在。

回想のために目を閉じているユノに向けて、クラウスは控えめな口調で話しかけた。

「…………」

「……どうだ、ユノ？　なにか打開策は浮かんだか？」

ユノはゆっくりと目を開け、極《きわ》めて無表情にクラウスを見ながら、一言。

「はい。功《こう》を焦《あせ》ったクラウス先輩が、任務の内容をきちんと確認せずに引き受けて、その失態にオレたちを巻きこんで迷惑をかけている、ということが再確認できました」

「それは打開策ではなくて、すごくちゃんとしたクレームだろうが！　悪かったよ！　私だってこんなことになるとは思わなかったのだ！」

「あと、最後にヴァンジャンス団長に返事をする時、『ハッ！』って言ったのが気になりました。『はい』でいいはずなのに、なんで『ハッ！』って、声を張ったんですか？」

「そこはべつにいいだろう!?　こう、気合が入ってそうなってしまったのだ！　説明させるな、そういうことは！」

そこでベルとミモザも同時に手を上げ、頬《ほお》を膨《ふく》らませながら会話に参加してきた。

「それを言ったら私、『必ずや』の『や』も気になったわ！　なんで『や』って言ったの!?」

「あと前から気になっていたのですけど、クラウスさん、どうして左の前髪だけ伸びていますの⁉　こう、自然に風になびく感じになっていますけど、どうしてですの⁉」

「オマエらは入ってくるんじゃない！　というか、オイ、やめろ！　本当にいろいろ恥ずかしくなってきたではないか！」

そんなやりとりが始まったところで、ユノは小さく笑みを浮かべた。これで少しばかり緊張がほぐれたろう。意地悪はこれくらいにして、打開策について話を始めることにする。

いや、打開策と言うほど大げさなものでもないのだが。

「まずはそんな感じで、いつも通りにしていましょう。変に緊張してたら不自然ですし、この場の雰囲気に呑《の》まれてたら、本来の目的なんて果たせませんよ」

「……そう、だな。すまん。私としたことが、本来の目的を見誤《みあやま》っていたようだ」

気まずそうに頭を掻《か》きながら、クラウスは言葉を続ける。

「我々の目的は『原罪』の回収と、それを持っている犯人の確保だ。誰かと親しくなり情報を収集することは、あくまでも手段だからな。手段のために緊張していては本末転倒だ」

その言葉に、ミモザは『ほぅ』と安堵《あんど》の息をつきながら言う。

「よかった。私はてっきり、本当に婚活パーティに参加して、仲の良い人を作らなくてはいけないと思っていましたわ」

じゃあいきなり年収を聞くのはダメだろ……と思いつつ、ユノは答えた。

「情報提供者はいるに越したことはないけど、絶対に必要ってわけでもないからな。そのためにそんな緊張するくらいなら、むしろいらねー。資料を見ればいいだけのことだ。それより、怪《あや》しいやつとかヤバそうなやつがいないか見張るほうが大事だと思うぞ」

「さすが私のユノね！　私の言いたいことを、ぜぇんぶ言ってくれたわ!!」

そこでベルはドヤ顔を浮かべ、ビシッ！　とクラウスとミモザを交互に指差した。

「いいわね、ふたりとも！　とりあえずの方針は、目立たないようにすることと、ヤバいやつがいないか見張っておくことよ！　いい？　くれぐれも目立たないように……むぎゅ！」

ベルが言いきる前に、ユノはベルを人差し指でポケットに押しこんだ。一番目立っているのもヤバいのもオマエだ、という思いを込めて。

身を潜《ひそ》めて敵の出方を見る……やや消極的な方針の気もするが、敵の正体や『原罪』の性能など、今回の任務には不確定要素が多すぎる。それくらい慎重にやるべきだろう。

「……ん？」

ふと目を向けると、会場の一部が騒がしくなっていることに気づく。

どうやら料理や酒が並べてある中央のテーブルで、誰かが大声を出しているらしい。

「うおぉぉォォッ！　見たこともない料理が超並んでるうぅゥゥッ！　これ、全部食っていいんスか!?　なのに、みんな食わないんすか!?　え、なんで!?」

「おい、マジかよ。この酒『リュウゼンカグラ』じゃん。こんなレアな酒まで飲み放題なの？」

声の主《ぬし》は少年と大男の二人組だ。料理や酒の高級さにはしゃいでいるらしいが、周囲の貴族たちはクスクスと笑いながら、あるいはドン引きしながら彼らを見ているようだった。

「おねえさん、なんか容《い》れ物《もの》もらってもいいっすか!? ほかの人たち食べないみたいなんで、オレ持って帰りますよ！　はは、こんなに美味《うま》いのに、もったいないっすよね～！」

「こっちはこの酒、あるだけ持ってきてくれる？　なに、まさか樽《たる》であるの？　お～い、マジかよぉ。オレを酔わしてどうするつもりだよぉ。この婚活パーティ、エロいわ～」

周囲の目など気にならないのか、彼らはなおもはしゃぎ続けていた。

それに反比例するかのように、クラウスとユノの顔色がどんどん悪くなっていく。

声の主たちは、ふたりがよく知っている人物に――つまり、最低最悪の騎士団『黒《くろ》の暴《ぼう》牛《ぎゅう》』の団長、ヤミ・スケヒロという破壊神《はかいしん》と、団員のアスタというポジティブ小僧に、とてもよく似ていたからだ。

クラウスは再びゲロを吐きそうになりながら言う。

「……な、なあ、ユノ。団長が増援を寄越《よこ》すと言っていたが……まさか」

「気のせいでしょう。他人の空似《そらに》でしょう。あんな貴族もいるんですね。びっくりです」

ユノは高速でまくしたてる。そんなはずがない。目立たないことを前提にしている任務なのに、魔法騎士団で最も目立つヤツらが派遣されるわけがないのだ。

いや、手が空いている団員が彼らしかいなかったとすれば、あるいは……。

「……とにかく、関《かか》わらないようにしましょう。暴牛の中でもあのふたり……ヤミ団長とアスタは一番ダメな組み合わせです」

「もう名前を言ってしまっているではないか！」

いや、クラウスだってもう気づいている。だからどこかのタイミングで合流をしなくてはならないのだろうが、いまは絶対にその時ではない。まだなにも摑《つか》めていないのに、あんなヤベェやつらと一緒に動くわけにはいかないのだ。

「ひとまずここから離れよう。部屋は他にもある。そこで仕切り直しを……ん？」

そこでクラウスは周囲を見回し、ミモザがいなくなっていることに気づいた。

嫌《いや》な予感を覚えつつ、アスタとヤミが騒いでいるほうを見てみると……。

「あれぇ～！　アスタさんにヤミ団長じゃないですかぁ！　よかった、知らない人ばっかりで心細かったんですの！」

キラキラした笑顔で、ふたりに話しかけているミモザの姿があった。

うぉおおォォい！　とクラウスは怒号《どごう》を放ちそうになったが、そうしたところですでに遅い。ミモザに気づいた二人――燕尾服に身を包んだアスタとヤミは、彼女と向かい合ってしまっていた。

「お、ミモザじゃねーか！　この肉食ってみろよ、美味いぞ！」

「ああ、そういえば、先に来てたのってオマエらだったっけ。ほかに誰かいるの？」

「向こうにユノさんやクラウスさんがいます！　みんなでお話ししましょう！」

「「…………」」

ユノとクラウスは無言で、無表情で顔を見合わせ、同じことを思っていた。

とりあえず、目立たずにこの場にいるという作戦は、ほぼ不可能になった、ということを。

「敵がいるかもしれない場所で、あんなバカ騒ぎをするなど……なにを考えているのだ？」

片頭痛《へんずつう》でも覚えたようにこめかみを押さえながら、クラウスはアスタに向けてそう言った。

彼らがいまいるこの場所は、休憩用の椅子やテーブルが置かれた部屋の一角だ。メインホールで目立ちすぎてしまった一同はこちらの部屋へ移動し、ヤミとアスタに作戦の説明をしたのち、その立て直しを図《はか》っていた。

ヤミは椅子にふんぞり返りながら、クラウスに向けて他人事《ひとごと》のように言う。

「悪《わり》ぃな堅物《かたぶつ》メガネくん。でも悪気はねえと思うからさ、今回は許してやってくれよ」

「いや、ヤミ団長もアスタと一緒に騒いでいましたよね⁉　アナタがそんなだから……」

「……オレが、こんなだから、なに？」

「……あ、いえ、あの……はい。すいません」

ヤミに凄《すご》まれて思わず謝罪してしまう。上司からはパワハラ。後輩からはモラハラを受ける中間管理職……その大変さが、この年にしてわかってしまうクラウスだった。

そんな思いなど露《つゆ》知らず、パワハラの団長は酒をあおりながら言う。

「ま、これ以上は目立たないようにしてやるから安心しな。オマエらの作戦に乗ってやるよ」

またも他人事のようなその態度に、ユノが首をかしげながら訊《たず》ねた。

「団長が指揮をとってくれるんじゃないんですか？」

「いーや。今回オレは、基本あんまり動くつもりはねえ。上のもんが出しゃばってると、いつまでも新人が育たねえからな。たぶんヴァンジャンスもそのつもりだと思うぜ？」

「……そうですか」

気のない返事をしたものの、ユノの中でのヤミの株が少し上がった。普段はそんな素振《そぶ》りなど見せないが、やはり団長は団長。新人の育成のことも考えてくれているようだ。

ユノが人知れず感心していると、ヤミは先ほど給仕からもらった酒瓶《さかびん》を肩に担《かつ》ぎながら、おもむろに立ち上がった。

「っつーわけでオレ、酒飲みながら庭でも散歩してっから、なんかあったら呼んでくれや。あ、でも昼寝してたら起こさないでね。ぶっ飛ばしちゃうからね」

ユノの中でのヤミの株が、元の状態に戻った。いや、ちょっと下がった。

ヤミはアスタの頭をポンポンと叩《たた》いてから、出口へと足を進めていく。

「じゃ、よろしくな。そんで小僧、リハビリがてらに頑張《がんば》れや」

「うぃっす！　ヤミ団長もお気をつけて‼」

そんなやりとりののち、あっさりとその場を後にしていく背中に向けて、クラウスは深めのため息を吐《つ》いてしまった。

「まったく。なにをしにきたのだ、あの男は……」

「まあでも、なんかあったら助けてくれるぜ。いつもそんな感じだしな！　それより……」

アスタは満面《まんめん》の笑顔を浮かべて、ユノの背中をバシンと叩いた。

「久しぶりじゃねえか、ユノ！　相変《あいか》わらずスカしやがってコノヤロー！」

対するユノも、薄く笑顔を浮かべながら言葉を返す。

「うるさい。痛い。キテンの時以来だから、そんな久しぶりじゃない。あと身長低い」

「いきなり全否定⁉　っていうか身長関係ねえだろ！」

「そういえばヤミ団長が、オマエのリハビリがどうとか言ってたけど、どっか悪かったのか？　頭か？」

「なに決めつけてんだよ！　腕だよ腕！　キテンで会ったときも包帯巻いてたろ！　もう治《なお》ったけど、両腕ともバキバキだったんだよ！」

「ほかの悪いところも治ればよかったのにな」

「うるせえな！　オマエの口の悪さどういうこと⁉」

そんな調子で、どこか楽しそうに口喧嘩《くちげんか》を続けるふたりに、クラウスは失笑してしまった。ミモザも『アスタさん、かわいらしい。小さい……』などと言いながらほっこりとしている。

常ならクラウスが止めるべき場面なのだろうが、ふたりがこうしてゆっくりと話をするのは、本当に久々なのだろう。

彼らはライバル関係にあるが、それ以前に、双子《ふたご》の兄弟のような関係であることも、クラウスは知っている。もう少しくらい遊ばせてやっても、誰も咎《とが》めはしないだろう。

と、思ったのだが、ユノの胸ポケットがモゾモゾと動き始めた。

……そうだ。忘れていた。風の精霊なのに空気が読めない子が、ひとりいたのだった。

「ちょっとぉー！　なに私を無視して私のユノと盛りあがっちゃってんのよ！」

クラウスの予想通り、ベルが胸ポケットから顔だけ出してそう叫び、アスタは身をのけぞらせた。

「うお⁉　なんだよ、精霊さん！　アンタもいたんすか！」

「そりゃいるわよ！　ユノとわたしは一緒にいるものなの！　そんなこと、学校で一番最初に習うことでしょうよ！　それを知らないなんて、いままでどんな人生送ってきたのよ⁉」

「いや、一般常識みたいに言わないでくださいよ！　普通に楽しく生きてきたわ！」

「……ベル、ハウス。誰かに見られたらどうするつもりだ」

今度はこちらで始まってしまった舌戦《ぜっせん》を、ユノが嘆息《たんそく》しながら止めに入った時、

「……ユノさん、あそこにいる人たち、なにか様子がおかしくありません？」

ミモザがユノの袖《そで》を軽く引っ張りながら、反対の手で部屋の片隅《かたすみ》を指差した。そちらに目を向けると、十人ほどの男たちが五人の女の子たちに言い寄っている様子が見て取れる。

婚活パーティにおいては、とくに珍しい光景というわけではないが……。

……いや。

男たちの先頭にいる小太りの男と、女の子たちのやりとりが聞こえてきた。

「貴様《きさま》ら無名の地方貴族ごときが、バーリントン家次期当首《とうしゅ》たるこのオレの誘いを断《ことわ》るとは、いい度胸じゃないか、え？」

「……あ、いえ、あの……決して、断っている、というわけではなくて、その……」

「ではオレの屋敷への招待を受けろ！　オレの私室に招《まね》いてやると言っているのだぞ！」

明らかにマナーを逸脱《いつだつ》した誘い方なのに、周囲の参加者たちは見て見ぬふりをし、給仕《きゅうじ》の者たちもあたふたするだけで止めに入れずにいる様子だ。

バーリントン家。聞いたことがない家名だが、この近くではそれなりに幅をきかせている貴族なのだろう。任務の都合《つごう》上、これ以上目立つのは得策ではないのだが……。

ユノは、さも当たり前のようにしてクラウスに訊ねた。

「クラウス先輩、行ってもいいですよね？」

「ダメだ……と言っても、どうせ行くんだろ？　アスタもいることだしな……」

はあ……と、ため息を吐いたクラウスだったが、次の瞬間には苦笑《くしょう》を浮かべ、

「まあ、私も見過ごすつもりはないよ。だが少し待て。穏便《おんびん》に解決する方法を考え……」

と、クラウスが言い終える前に、アスタが脱兎《だっと》のごとく一団に向かって突っこんでいった。

「うおおぉォォい、オマエら！　女の子たち嫌《いや》がってんじゃねえか！　やめてあげろよ！」

「少しは人の話を聞けええエエぇっ！」

アスタが一団の前まで辿《たど》り着《つ》くと、先頭の小太りの男が、ドスのきいた声で叫んだ。

「なんだ、貴様！　このオレをザビル＝バーリントンと知っての言葉なのだろうな！」

「ザビルだかカビるだか黒ずみだか知らねーけど、嫌がってる女の子を連れていこうとするのは、誰がやったってダメなことだろうが！」

「ほう、この女どもがオレを嫌がっているというのか！　オレを否定したと！　なるほど、ではこいつらがオレに不敬《ふけい》を働いたと喧伝《けんでん》することになるが、それでもよいのだな!?」

事情がのみこめず、アスタは女の子らを見る。すると泣きそうな表情で首を横に振っていた。貴族の事情などはわからないが、それは彼女らにとってマズいことらしい。

押し黙るアスタに、ザビルは気を良くしたように、にちゃ、とした笑いを浮かべる。

「で、貴様の家名は？　このオレに暴言を吐いたことへの償《つぐな》いは……あぁ、なんだ貴様!?」

と、そこで到着したクラウスが、コホンとひとつ咳《せき》ばらいをしてから言葉を発する。

「私の連れが失礼なことを言ってしまってすまない。しかし、君もそのへんにしておきなさい。周囲の人たちの迷惑になっているぞ」

相手を刺激しないように、しかし舐《な》められもしないように、慎重に言葉を選んで舌に乗せていく。その甲斐《かい》あってか、ザビルは舐めきった態度を少しだけ崩《くず》しながら応じる。

「な、なんだ、このオレに説教するつもりか！　家名を言え、家名を！」

「わけあって家名は言えない。しかし、それなりの地位にある家の出身だ」

そこでミモザが、『わ、私もなにか言わなくてはっ！』とばかりに前のめりになって、

「そ、そうですわ！　そうですわ！　えっと……そ、そうですわーっ！」

「ミモザ、お願いだから下がっていてくれ。無理に参加しなくていい」

クラウスがそう言って、ユノがゆっくりとミモザを下がらせた。実際、この娘の実家はたぶんザビルの実家を軽々吹き飛ばせるくらいの力があるのだが、そんなことを明かしたら大騒ぎになって、それこそ任務どころではなくなるだろう。信じてもらえないだろうし。

クラウスの強気な態度に、ザビルはわずかに怯《ひる》むが、それを隠すように嘲笑《ちようしよう》する。

「は、はは！　どうせ大した家ではないのだろう！　だから言えないのだろう⁉」

そこでユノが、冷たい目をしてザビルの前に進み出た。

「パーティが終わった後なら言ってもいいけど……本当にいいのか？」

そんなハッタリをきかせながら、少し声のトーンを落とし、さらに目つきを鋭くする。

こうして無言の圧をかけるのは、クラウスよりもユノのほうが得意だった。

「貴族の世界は徹底した縦《たて》社会なんだろ。下の地位のやつが上の地位のやつに嚙みついたらどうなるか……アンタなら理解できるんじゃないか？」

「……っぐ！」

そこでようやくザビルは押し黙り、ユノとクラウスは内心で勝ちを確信した。あとは『今なら大事《おおごと》にしないでおく』的なことを言って終わりだ。そう思ったのだが……。

「……なん、だ。なんなのだ、貴様ら！　なぜまたオレの邪魔《じやま》をする!!」

「……は？」

「なぜまた貴様らのような者が現れるのだ!?　オレは、オレは……！」

脈絡《みやくらく》のない言葉を返され、ユノとクラウスは口ごもってしまう。見ればザビルの目は血走り、うっすらと血がにじむほどに歯を食いしばっていた。そんなに興奮する場面ではない。

なんだ、こいつ。なにかがおかしい……？

おかしな空気を察した取り巻きの一人が、わざと周囲に聞こえるような大声で言った。

「ザ、ザビル様。先ほど大貴族の方に、園庭でゲームをするお誘いを受けていましたよね？時間もありますし、行ってみてはいかがでしょう？」

「……そ、そうだな。そうだった。こんな連中にかかずらう暇《ひま》、オレにはないのだった！」

ザビルは正気に戻ったような口調でそう告げ、踵《きびす》を返した。

そしてアスタとすれ違いざま、低い声で、

「ふん。品性のない顔だ。貴様だけは身分の低い貴族とわかるぞ……このオレに吐いた暴言、忘れるなよ」

そんな捨《す》て台詞《ぜりふ》を残し、取り巻きたちを引き連れて会場をあとにした。

……微妙にアスタへの禍根《かこん》は残ったものの、どうやら無事、追い払えたようだ。

と、クラウスが胸をなでおろしていると、ユノはアスタの頭をチョップした。

「痛《いて》ぇな！　なにすんだよ！」

「なにすんだよ、じゃねーよ。考えなしに突っこんでいくな」

「だって、あんなの見てたら放っておけねえだろ！　でもオマエらが来てくれて助かりました！　ありがとう！」

「情緒どうなってんだよ。怒るか感謝するか、どっちかにしろ」

「……オマエら、そのへんにしておけ。また悪目立ちするぞ」

もう十分に悪目立ちしているが……なんて思いつつも、クラウスはふたりの仲裁《ちゅうさい》に入る。

実際、ザビルとのやりとりを見て、参加者たちがユノたちを避けるような素振《そぶ》りを見せている。それはそうだろう。それなりの権力を持った貴族に恨《うら》みを買った者たちと、進んで関わる者などいるわけがない。これでは情報収集も困難になるかもしれない。

……とはいえ、それもしかたのないことだろう。あんなわかりやすい悪者を見たら、放っておくことなんてできないし、いずれ騒がしくなってしまうことくらい、アスタたちと合流した時点でわかりきっていた。また新しく作戦を練り直《なお》せばいいのだ。

……なんだか最近、本当に中間管理職というスタンスが板についてきている気がする。

「あ……あの、本当に、本当にありがとうございました！」

「ん？　ああ、君たちか……」

クラウスが人知れずげんなりしていると、助けた女の子たちがやってきた。

先頭にいるブロンドの女の子が、頬を赤く染めながらユノに向けて言う。

「申し遅れましたが、ハベロット家のディナといいます。アナタは？」

「ああ、オレはユノ。えーっと、家名は……」

どういう偽名《ぎめい》にしたっけな……と頭を掻《か》くユノ。

その一瞬のすきに、胸ポケットがもぞもぞと動きだし……、

「ちょっと、なに私のユノに色目使ってくれちゃってんのよ!?」

ベルが、勢いよく飛び出してしまった。

「オイ……オイ！　ベル！」

ユノの制止も聞こえていない様子で、彼女は唖然《あぜん》とするディナの前を飛び回り、

「なによアンタ、ちょっとおっぱい大きいからってVネックなんて着ちゃってさ！　それに寄せて上げて胸の谷間作ってるでしょ！　バレバレなんだから……っは！」

と、まあまあの文字数を喋ってから、急に正気に戻ったように言葉を止める。

それからひどく気まずそうな様子で、ぎこちない笑顔を浮かべながら、

「ハ、ハジメマシテ。私、ベル……きょ、今日の婚活のためにダイエットしてたら、気合が

入りすぎちゃって……こんな小さくなっちゃったの。えへへ」

なにそのクソみたいな言い訳……と思いつつ、一同は今度こそ任務の続行は不可能だと悟《さと》った。ディナや後ろにいる女の子たちはもちろん、周囲にいる参加者たちも、『なにそれ⁉』とばかりに凍《こお》りついている。大騒ぎになるのも時間の問題だろう。

一同がそんな想像をするなか、ユノはひとり冷静に——ものすごく残念な子を見るみたいにベルを見ていたが——ベルの首根っこをつまんだ。

「驚かせて悪いな。こいつはオレの魔導具だ。すごいだろ、喋るんだぞ」

「ま、魔導具⁉　この私がまど……ウグッ！」

ユノが少しばかり指先に力を込めると、ベルはパクパクと口を動かして、

「……そ、そう、そうなのよ。私、魔導具。ユノの、魔導具。かわいい、魔導具」

素直《すなお》にそう言ってくれた。一同は『あ、あぁ……』と、いまいち釈然《しやくぜん》としない表情で互いの顔を見ていたが、それで納得してもらうしかないだろう。彼女の正体を明かしたって、それこそ信じてもらえるわけがないのだから。

この際だ。この状況も利用してしまおう、と、ユノは次のような質問を投じた。

「こんな感じで、オレは変わった魔導具を集めるのが好きなんだけど、今日パーティに来てるメンツの中で、そういうのに詳しいヤツはいないか？　いるなら話をしたいんだけど」

その問いに、ディナが気まずそうな様子で答える。

「いるにはいるんですけど……その、仲良く話をするのは、難《むずか》しいと思います」

「……どういうことだ？」

「もったいぶってないで答えなさいよ。アンタどーせアレでしょ。鎖骨《さこつ》と手首と足首出しときゃ男はなびくとでも思ってるんでしょ？　そんな浅はかな考えじゃ……ぐっ！」

ユノは再び指先に力を入れた。いちいち文字数がすごいのだ、このおしゃべり精霊は。

ふたりのそんなやりとりに失笑してから、ディナは口を開く。

「今日の参加者の中で、魔導具のコレクターとして有名なのは……ザビルさんなんです」

「ザビル？　ザビルってさっきの偉そうなヤツだっけか？」

アスタの言葉に、ディナは再び気まずそうに頷《うなず》いた。

「はい。さっきも『最近また珍しい魔導具を手に入れた』って、自慢してました」

「………………！」

その言葉に、ユノたちは顔を見合わせて眉《まゆ》をひそめる。

そういえば先ほどの口論でも、途中から言っていることが支離滅裂《しりめつれつ》になったり、急に凶暴になったりしていた。それらは『原罪』を持つ者の特徴と一致する。

まだそうだと決めつけるのは早い。しかし、あんな男の手の中に『原罪』があるとしたら、相当厄介《やっかい》なことになるだろう。

アスタはクラウスに言う。

「どうする？　話を聞きてえけど、確かにオレたちじゃ厳《きび》しいよな」

「いやオマエが言うな！　というか……次にザビルと接触しても、絶対に刺激するようなことは言うなよ。なにがきっかけで暴走するかわからないのだからな」

そう考えると先ほどのやりとりは危ない橋だった気がする……と、クラウスは改めて肝《きも》を冷やしつつ、『まあ、そうだな……』とアスタの意見に同意する。確かにこのメンツで話を聞くのは難しいだろう。

「彼と接触をしていない人物に、詳しく話を聞いてもらう必要があるな……」

ということは、つまり……。

「あ……私、いいことを思いつきましたわ！　ヤミ団長にお願いすればいいのですよ！」

と、ミモザが名案を思いついたように言うが、もちろんクラウスにもその考えは浮かんでいる。ただ、あの男に頼《たよ》るとなると、尋問ではなく拷問《ごうもん》が始まってしまいそうなのだが……。

とはいえ、それしか方法がないのだから、覚悟を決めるしかないだろう。

クラウスは深めのため息を吐き出すと、一同に向けて呼びかけた。

「……ヤミ団長を探すぞ。不安はあるが、団長にザビルの聴取をしてもらうしかあるまい」

「クソ……クソ……このオレが、あんな連中にコケにされるとは……!!」

屋敷の東側の園庭にて。ザビルは悪態をつきながらゲームで憂《う》さ晴《ば》らしをしていた。

園庭には簡単だが、さまざまなゲームの道具が用意されている。いまザビルが興《きょう》じているのは『人形遊び《チャイルドプレイ》』と呼ばれるゲームで、人と同じサイズの木偶《でく》を魔力で操《あやつ》り、かけっこや腕相撲などで対決させるという、平和的かつシンプルな遊びだ。

もっとも、ザビルはいま、自分の木偶で相手の木偶をめちゃくちゃに殴《なぐ》りつけているので、ルール通りに遊んでいるとは言《い》い難《がた》かったが。

ちなみに相手は、その辺を歩いていた男女だ。いっちょ前にいい雰囲気だったものだから、難癖《なんくせ》をつけて無理やり相手をさせてやった。男が泣きそうになっているのが非常に滑稽《こっけい》だ。

とはいえ、この程度では憂さなど晴れないが。

「……ビル様、ザビル様」

「……あ?」

そこでザビルは、取り巻きが呼び掛けていたことに気づいた。どうやら何度も名前を呼ばれていたのに気づかなかったらしい。彼は少し怯《おび》えたような口調で木偶のほうを見ながら、

「あの……少し、やりすぎではと……」

「…………」

見ると、相手の木偶は頭が砕《くだ》け、こちらの木偶も両方の拳《こぶし》が潰《つぶ》れていた。

「……ああ、悪い悪い。あまりに弱かったものだから、少しやりすぎた。もう行っていいぞ」

相手の男に、シッシッ、と手を振ると、彼は女を連れてそそくさと立ち去る。その様子を見ながら、胸元に手を当てた。

いま、ここに入れてあるもの……魔導書の形をしたこの魔導具を手に入れて以来、やはりだいぶ攻撃的な性格になったようだ。最近になってそれに拍車《はくしゃ》がかかっている気もする。

まあ、この魔導具から流れてくる多大な魔力をものにできるのだから、そんなことは小さな問題にすぎないのだが。

それに、この力がなければ、オレはまた……。

「……さて、次の相手を探すとするか」

ザビルは軽く頭を振って思考を散らし、周囲を見回す。すると少し離れたところのベンチで寝ている男を見つけた。

年のころは三十歳ほどだろうか。無精《ぶしょう》ひげを生《は》やした大男だ。酒瓶を抱《かか》えて寝ているところを見ると、婚活がうまくいかずにふて寝でもしているのだろう。

「……ちょうどいい。少し休憩をしたら、あのオヤジに相手をさせてやるとしよう」

「どうだユノ⁉　いたか⁉」

「いない……そっちも見つかってなさそうだな」

園庭を駆けながら、ユノは合流したアスタに向けてそう言った。

あの後、クラウスとミモザが南北の、ユノとアスタで東西の園庭を、そしてベルは上空からヤミを探すこととなった。ユノたちはたったいま西側の捜索を終えたところで、これからふたりで東側に移動するところなのだが、合流して早々にアスタが悪態《あくたい》をつく。

「ってかここの庭広すぎ！　全部足《た》したら、ちょっとした村くらいあるんじゃねーの⁉」

「さすがにそこまではないだろ。オマエの手足が短いからそう思うだけだ」

「まだ言うかイケメンコノヤロー！　手足短くても体力でカバーできてんだよ！」

そう言ってから、アスタは『ヘヘッ』と大きく笑う。

「っていうか、こんな長いこと一緒にいるの、だいぶ久々じゃね？」

「なんだ急に……まあ、そうだな。ハージ村にいる頃は、鬱陶《うっとう》しいくらい一緒だったのにな」

「ハージ村かあ……なんか、あそこにいる頃からしたら信じられねえよな。こうやってふたりで魔法騎士団入れて、当たり前みたいに任務をこなしてんだからさ」

旧友と一緒にいるせいか、柄《がら》にもないことをしみじみと思ってしまう。しかしユノは、

「……いや、オマエはそうかもしれないけど、オレは村にいる頃から優秀だったし、魔法もうまく使えたから、なんの感慨《かんがい》もないぞ。魔法騎士団も入れて当然、って感じだったし」

「それ自分で言っちゃ絶対ダメなヤツ！　いや、オマエだってほら、小さいときとか泣き虫だったろ！　あの頃からしたら、今の姿なんて信じられねーだろ、って話！」

「いや、マジでなんの話かわかんねー。オレ、生まれる瞬間も泣いた覚えないしな」

「誰だって覚えてねえよそんなもん！　ってか、オイ、頼むからもうちょっと歩《あゆ》み寄《よ》れよ！　一緒に懐《なつ》かしがりてえんだよ、こっちは！」

そんなやりとりで誤魔化《ごまか》したものの、もちろんユノは覚えている。

小さい頃のユノは泣き虫で、いつもアスタの後ろをくっついて歩いていた。

この世の中のすべてが怖《こわ》くて、いつも怯えていて、前に進むことができなかった。

そんなユノに一歩を踏み出す勇気をくれたのは、ほかでもないアスタなのだ。

彼と同じ夢を共有することになったあの日――どちらが魔法帝になるか勝負をすると決めたあの瞬間があったからこそ、今のユノがある。

アスタの背を追うのではなくて、アスタと同じ景色が見たいと思ったからこそ、ここまで

頑張ることができた。

すべてはアスタのおかげなのだ。

「……バカスタ。任務の最中に、懐かしいとか思ってる場合じゃねーだろ」

もっとも、そんなことは恥ずかしくて言えないし、そもそも言葉として伝えるつもりもない。きっとこの先も、こんなふうに軽口を言ってごまかしてしまうだろう。

それに、アスタに感謝を示す方法は、言葉ではなく行動のほうがいい。

「そんなやつに負ける気はしねー……やっぱり、魔法帝になるのはオレだな」

ひとりのライバルとして、アスタと認め合い、しのぎをけずる存在であり続けること。

それが、ユノの思う感謝の形だ。

もちろん、そのためだけに努力をしているわけではない。『魔法帝になる』という、夢を持つことになったきっかけを与えてくれたのはアスタだが、いまではユノ自身の意思でその夢をかなえたいと思っているからだ。

しかし努力の成果を見せつけあうことで、お互いにとって良い刺激となっているのも事実なのだ。それに、ただ『ありがとう』と口にするよりも、こうして憎まれ口のひとつでも叩いたほうが、アスタを発奮させることができる。

案《あん》の定《じょう》、アスタは一瞬呆《ほう》けたような表情になったものの、やがて好戦的な笑顔を浮かべて言った。

「はあ⁉　そんなもん、こんな口喧嘩で決まってたまるかよ！　魔法帝になるのはオレだっつーの！」

「いいや、オレだ。オマエは懐かしがり帝を目指《めざ》せ」

「懐かしがり帝⁉」

「――あ、いたいた！　ユノ、ヤミを見つけたわよ！」

と、そこでベルが上空からやってきて、焦った様子でユノの目の前を旋回する。

「このすぐ近くなんだけど、ちょっと、大変なことになってるから、すぐ来てちょうだい！」

「……大変なこと？」

ユノの質問に、ベルは何度もこくこくと頷いて、

「状況はよくわかんないんだけど、ザビルとヤミが鉢合《はちあ》わせしちゃってるのよ！」

「こっちよ！　そこの茂みを抜けてすぐの場所！」

ベルに案内をしてもらいながら、アスタとユノは全力疾走《しっそう》でヤミの元へと向かっていた。

顔色を悪くしながらアスタが言う。

「な、なあ、ユノ？　確認なんだけどさ、ザビルがその……『原罪』っていう魔導具を持っ

てた場合、刺激したらヤバいんだよな？」

「ああ。なにが暴走のきっかけになるかわからないからな」

それはつまり、火急の事態であることを意味する。ヤミが——あの破壊の権化《ごんげ》とされる男が、ザビルのような横柄《おうへい》な男と接触して、なにも起こらないわけがないからだ。

今度はユノがアスタに問いかけた。

「けどさすがにヤミ団長でも、初対面の相手にいきなり暴力とかはない……よな？」

「……わかんねえけど、オレは初対面の時、会って六秒くらいで、アイアンクロー食らった」

「…………急ぐぞ」

「ああ！」

ふたりは限界を超えて手足を動かし、茂みを抜ける。すると、スポーツなどをするために整備された広いコートのような場所へと出た。その中央のあたりにいるのは……。

「ヤ、ヤミ団長……と、ザビル！」

遠くてはっきりとは見えないが、そのふたりらしき人物が対峙《たいじ》しているのが確認できた。

周囲にはなぜか壊れた木偶が無数に転《ころ》がっているが、少なくともザビルは無事のようだ。

……そう、思ったのだが。

ズル……ドタッ。

ザビルは膝《ひざ》から崩れ落ち、その巨体を地面へと倒れこませた。気は失っていないようだが、顔面はボコボコに腫《は》れあがり、服もびりびりに破かれている。

「「「…………」」」

そしてコートに転がっている木偶に交《ま》じって、ザビルの取り巻き連中も倒れていた。彼らは『じ、死にだぐない……死にだぐない……』や『ごめんなさい……オレは虫です、虫けらです……』などという呻《うめ》き声《ごえ》をあげながらボコボコにされて、ガタガタと震えている。

最悪の想定をはるかに上回る地獄絵図が、そこには広がっていた。

「「「…………」」」

あまりのことに絶句するアスタとユノ、そしてベルに、この惨状《さんじょう》を作りあげた人物——ヤミは、極《きわ》めていつも通りの様子で軽く手を振った。

「おお、オマエらじゃん。おひさー」

「おひさーじゃなくって……ヤ、ヤミ団長、これ……」

「ん、ああ、こいつら？」

アスタの質問に、ヤミはザビルを軽くつま先で蹴《け》りながら答えた。

「オレが昼寝してたら、いきなり叩き起こされたうえに、酒瓶割られて、おまけに足蹴《あしげ》にされたもんだからよぉ……教えてやったんだよ。昼寝っていいよー、って。午後の作業効率上がるんだよー、って……で、実際に体験してもらうために」

チャキ、と、どこからともなく取り出した刀を、ザビルに向けて振りかぶりながら、

「──これから、永久に覚めねえ昼寝をさせてやろうと思ってるところだ」

「永眠っていうんですよ、それはっ!!　ちょ、マジでやめてくださいって!　そいつにいろいろ聞かなきゃなんですよおおおおぉォォぉぉッ!」

と、アスタは決死の覚悟でヤミへ突っこんでいき、そのすきにユノがザビルを離れたところまで引きずっていく。

ヤミからアイアンクローを食らうアスタを尻目に、ユノがザビルに呼びかけた。

「オイ、オマエ。オレが言うのもアレだけど、大丈夫か?　うちの回復《かいふく》魔道士が……ん?」

そこでユノは、ザビルの破れた服の隙間《すきま》から、なにかがのぞいているのに気がつく。

表紙になにも描かれていない、色すらもついていない、真《ま》っ白《しろ》な魔導書《グリモワール》だ。

しかしザビルのブックポーチには、彼のものと思《おぼ》しき魔導書《グリモワール》が収まっている。

つまり、これは……。

「あがっ……が、あ、アァあああガあァああアああアァぁアッ!!」

突然、ザビルが絶叫しながら苦しみだす。

その姿を見て、ヤミはザビルの取り巻きたちを抱え上げながら言った。

「金色の、そいつから離れろ。小僧はオレと一緒に、下に転がってる連中を避難……っつーか、できるだけ遠くにぶん投げろ」

その指示通り、ユノはその場から素早く離脱し、アスタは取り巻きたちを片《かた》っ端《ぱし》から遠くにぶん投げた――その直後。

「あああっ！　あァ、ああアがあああァぁァああああア!!」

ザビルの身体から――いや、白い魔導書《グリモワール》から噴出するように、幾重《いくえ》もの白い魔力の奔流《ほんりゅう》が生じ、それが触手《しょくしゅ》のような形状となって大きく蠢《うごめ》いた。

ザビルを中心として放射線状に広がった触手は、あるいは地面をえぐり取り、あるいは木偶を粉々に破壊するなど、周囲をめちゃくちゃに攻撃し始める。あと一瞬でもヤミの指示が遅ければ、取り巻きたちもその巻き添えになっていただろう。

無数の白い触手をまとったザビルを眺《なが》めつつ、ヤミはまたも他人事のように言った。

「やっぱコイツだったか。なんだっけ……その、『原罪』とかっていう魔導具持ってたの」

その台詞に、魔導書《グリモワール》から取り出した大剣を構えるアスタは『え!?』とヤミのほうを向き、

「いや、団長、気づいてたんすか!?」

「ああ。氣《き》を読んでなんとなくな」

「だったら、なんであんなボコボコにしちゃったんすか⁉」

「え、だって昼寝から起こされてムカつ……いや、『原罪』が暴走を起こすとどうなるかっていうのを、しっかり見ておく必要があったからな。あと、昼寝から起こされてムカついたから」

「それは結局そうなんですね⁉　順番の問題なんすね⁉」

「うるせえな、とにかく計算通りなんだからいいんだよ」

そこでひときわ大きく触手が蠢き、ヤミたちに向かって攻撃を始めた。

「……まあ、こんなに派手に暴走しちまった、ってのは、ちぃと計算違いだけどな」

ドシュッ！　と撃ち出されるように放たれた触手を刀で斬《き》り裂《さ》きながら、ヤミは屋敷へ向けて走りだした。

「っつーわけで、オレは屋敷の連中を避難させっから、その間、コイツの相手シクヨロ」

「え⁉　あ、はいいいぃぃぃぃぃイイッ！」

と、アスタは戸惑《とまど》いながらも大剣を振り回し、次々と触手を斬り落としていった。対するユノは『ありえねぇ……』という思いが拭《ぬぐ》えない。こんな無茶苦茶《むちゃくちゃ》な指示ですぐさま動けるのだから、普段もこんな感じの労働環境なのだろう。ブラックが過ぎる。

……とはいえ。

「……アスタ。ザビルの胸元に白い魔導書《グリモワール》があった。たぶんそれが『原罪』だ。まずはそれを壊すことを目標にするぞ」

「わかったァ！」

という返事を聞き届けてから、自身も魔導書《グリモワール》を開いた。

急な展開とはいえ、アスタは――ユノのライバルはそれに対応し、活躍を見せているのだ。あいつにだけ良い格好をさせるわけには、いかない。

「行くぞベル――全力だ」

「りょーかいっ！」

ユノとベルを中心として、疾風《しっぷう》が吹き荒れた。


「うおおおおおォォォォ!!」

襲いくる触手を避け、あるいは大剣で薙《な》ぎ払《はら》いながら、アスタがザビルに向けて走る。

「――風創成魔法《かぜそうせいまほう》〝風刃《ふうじん》の叢雨《むらさめ》〟」

ユノの頭上で生じた風の剣が、アスタの背後や頭上に迫る触手を、次々と斬り落としていった。

触手はすぐに再生されてしまうが、次の攻撃までにかかる時間をわずかに遅らせることはできるようだ。その間隙《かんげき》を突いて、アスタはさらに距離を詰める。

機動力のあるアスタがザビルに近づいていき、ユノが魔法でそのサポートをする。

ふたりはその戦法を取って、順調にザビルとの距離を詰めていった。

とくに打ち合わせをしたわけではない。しかしユノとアスタは十年以上の時間を共にしてきたのだ。言葉を交《か》わさずとも互いの思考が理解できるし、その時々によってどう動くかも予想がつく。こうして連携して共闘することなど、息をするくらい当たり前のことなのだ。

「ああァ、がぁ、あああああアあァアあアァっ!!」

アスタの存在を脅威と取ったか、触手のほぼすべてが彼へと向かい、ドームのような形状になって彼の身体を囲みこんだ。

「ユノ!」

アスタは振り返ってそう叫ぶが、それは助けを求める声ではない。

ユノはひとつ頷いてから、新《あら》たな魔法を構築した。

「風創成魔法〝天《あま》つ風《かぜ》の方舟《はこぶね》〟」

風によって創造された方舟は、ユノの身体を乗せて上空に飛び立ち、そのまま触手に集中攻撃されるアスタの上を通過した。

目指すは、ザビル本人だ。

アスタが触手のほぼすべてを引き受けているうちに、それまでサポートに徹していたユノが、無防備になったザビル本人を狙《ねら》う。そんな戦法を瞬時に共有した二人は、次の瞬間にはその通りに動きだしたのだ。

一瞬遅れてそれを理解したベルは『むー!』と唇《くちびる》を尖《とが》らせ、

「なによー! 私だって、理解力と包容力を併《あわ》せ持《も》った女子なんだからねー!」

「ベル、うるさい。あとあんまりそういうイメージない——ザビルに接触するぞ」

迫りくる数本の触手を避けながら、ユノはザビルに向けて急降下し、魔法を放った。

「風魔法《かぜまほう》〝カマイタチの三日月《みかづき》〟」

三日月の形状をした斬撃《ざんげき》がザビルの足元へと食らいつき、派手に砂ぼこりを舞い上げる。

外《はず》したわけではない。そもそもこれを直撃させてしまったら、ザビルの身体《からだ》など真《ま》っ二《ぷた》つになってしまうだろう。

目的は、目くらましを作ることだ。

砂ぼこりに乗じてザビルの眼前で方舟から飛び降りたユノは、その胸元にある白い魔導書《グリモワール》——『原罪』に向けて勢いよく手を伸ばした。

……しかし。

「あァ……がァ……や、めろ。やメろおおォォ! コレに……触るなあああアァぁ!」

ザビルは『原罪』を両手で挟み、触手でユノへの攻撃を始めた。

それを風魔法でいなし、ユノは『原罪』を掴む。すると、さらにその手に力がこもり、

「あァガ……頼む……ゴレは……これだけ、ハ……取らナいで、アガッ……ぐれ……」

「……ザビル、オマエ、意識が残ってるのか？」

「……これ、ガ、なくなったら……あぁガ……オれは、また……弱い……オレ、に……」

ユノの問いかけを無視して、ザビルはなおも不明瞭《ふめいりょう》な叫び声を重ねる。どうやら、意識が残ってはいるが、だいぶ混濁《こんだく》しているようだ。

ただ、『原罪』を渡したくない、という強い意志だけは感じられた。

「オ、れは……あァ……ごれを、手ニ入れて……ぐぅ、変わること……でキた……あグっ！」

ザビルの目や口からは血が流れ出し、苦しみ方も変わってきている。詳細はわからないが、危険な兆候《ちょうこう》であることに間違いはないだろう。

「オイ、死ぬぞオマエ。こいつから手を放せ」

「イ……やだ……ぐぅ……あの頃……戻りたぐ……ナイ……があァ……力ガない……頃」

こうなったら、多少深手《ふかで》を負《お》わせてしまうかもしれないが、風魔法で腕を攻撃するしかない……そう覚悟を決め、ユノが魔法を構築しようとした、その時。

「……この世界、ハ、怖い……力がない、ト……生きていゲ、ない……」

ザビルの目に、わずかに理性的な光が宿り、ユノを見た。

弱々しくて、悲しそうで、今にも泣きだしてしまいそうな、弱者の目だ。

「………！」

こんな目をして、こんなことを言う人間を、ユノは知っていた。

幼き日の、ユノ自身だ。

ユノはアスタのおかげで変わることができた。

しかし、ザビルの隣には誰もいなかったのだろう。

だからこの禁忌《きんき》の魔導具——『原罪』などに手を出してしまった。

これのおかげで、ザビルは変わることができたのだ。

つまり、ザビルにとっての『原罪』は、ユノにとってのアスタのような存在なのかもしれない。それを無理やり取り上げることに、ほんのわずかな躊躇《ちゅうちょ》を覚えてしまった。

そしてそのわずかな間《ま》が、致命的な隙《すき》となってしまう。

「……っぐ！」

風魔法の合間を抜けてきた触手が、ユノの脇腹《わきばら》を痛打する。

その衝撃で体勢が崩れ、無防備な状態となってしまった。

それを格好《かっこう》の的《まと》にして、無数の触手がユノに迫る。

（マズい。ガードが間に合わな……！）

と、ユノが攻撃を食らう覚悟を固めた、その時。

一陣の風が、ユノの隣を吹き抜けた。

「うおおおォらあああァぁァぁっ!!」

ゴガッ！

驚異的な速度でこちらへやってきたアスタが、勢いそのままにザビルを剣の腹でぶん殴り、彼の巨体を宙に浮かせた。

そして返す刃で、彼の胸元からこぼれ落ちた『原罪』を真っ二つに叩き割る。

とたん、『原罪』は塵《ちり》のようになって空中へ消え、同時にすべての触手も霧散《むさん》していった。

「オイ、大丈夫かユノ!?」

触手が完全に消え去るのを確認してから、アスタはへたりこむユノの元へとやってきた。

どうやらアスタは、あの数の触手をきり抜けて、こちらに向かってきてくれたらしい。

「ああ……悪い」

「悪い、じゃねえよ！　さっきオマエ、敵の目の前でボーっとしたろ！　らしくねえことすんなよ！」

隙を見せたのはほんの一瞬だけだったが、アスタにはしっかりと見抜かれていたらしい。

「……ったく。ほら、立てるか？」

そう言って、アスタはニカッと笑い、ユノに手を差し伸べた。

「…………」

その手を眺めながら、ユノは内心で苦笑する。

——ザビルにとって『原罪』は、ユノにとってのアスタのような存在。

一瞬とはいえ、バカなことを考えたものだ、と、改めて自嘲《じちょう》してしまったのだ。

『原罪』はただの道具に過ぎない。それも、努力の伴《ともな》わない力をただ与え、それを間違ったことに使わせるような、危険な魔導具だ。

ユノの隣にいるやつは、互いに努力して競い合うことで、ユノを強くしてくれる存在だ。

間違ったことをしたら、互いに叱《しか》り合える存在だ。

立ち上がれない時には手を差し伸べて、また一緒に歩いていこうと言ってくれる存在だ。

ユノにとって、アスタは——。

「しっかりしてくれよな、ユノ！　オマエはオレのライバルなんだからよ！」

「……ああ」

ユノはアスタの手を取って立ち上がり、薄く笑いながら言った。

「……オマエが来てくれて助かった。ありがとうな」

そう応《こた》えてから、倒れているザビルを見る。

彼の隣にもアスタのような存在がいたのなら、こんなことにはならなかったろう。

逆に自分の隣にアスタがいなかったら、もしかしたら自分も、コイツのように……。

「……う、ぐぅ……うぅっ」

その時、倒れているザビルが声をあげ、ユノとアスタは再び身構える。しかし、邪悪な魔力は感じられないし、動きだす様子もない。単に怪我《けが》の痛みで呻《うめ》いているだけのようだ。

「……ベルとアスタでミモザを探してきてくれ。オレはコイツを看《み》てる」

ユノがそう言うと、ベルとアスタは威勢よく返事をして屋敷のほうへ向かっていく。

ザビルはユノの存在に気づくと、声を出すのも辛《つら》そうな様子で、言った。

「……き、君……面倒《めんどう》を、かけてしまったようで……ほ、本当に申し訳ない……！」

……本当はそんな感じのキャラなのか、コイツ。


事件の事後処理は、概《おおむ》ねスムーズに進んだ。

まずはミモザがザビルや取り巻きたちを治療し、それと並行して、ヤミとクラウスがパーティの参加者と主催者に事件の顛末《てんまつ》を報告。さらにこのことに関して箝口令《かんこうれい》を敷くとともに、『原罪』の危険性を念入りに説明し、絶対に手を出さないように呼びかけを行った。

「……なるほど。『原罪』は闇市《ブラックマーケット》で手に入れたものなのか……そうなると、出所《でどころ》の特定は難しいな」

そしてユノとベル、アスタはというと、騎士団本部に連絡してザビルの身柄の搬送を依頼したのち、騎士団員が到着するまでの間、見張っているところなのだが……。

「かもしれん。一か月以上も前のことだしな。これを買った店がまだあるかどうかもわからんし、店主も『原罪』の詳細は不明だと言っていた。力になれなくてすまない……」

ユノの質問に対して、ザビルは先ほどまでとは別人のように謙虚《けんきょ》な態度で、恐縮するように頭を下げた。

『原罪』の呪縛《じゅばく》から解《と》き放《はな》たれた彼は、非常に紳士的な好青年だったのだ。自分の罪を素直に受け止め、いまもこうして『原罪』の入手ルートについて供述してくれている。説教のひとつでもしようと思っていたベルとアスタは、拍子抜《ひょうしぬ》けしてしまったくらいだ。

そんな驚きの変心ぶり――というか元に戻っただけだが――を見せたザビルは、気まずそうに言葉を続けた。

「ただ、その店主の言っていたことなのだが……『原罪』は、戦闘時には持ち主の魔力を引き上げるが、平常時には魔力を少しずつ吸い取り、蓄《たくわ》えるという特性を持っている。そしてその溜《た》めた魔力が一定量まで達すると『写本』として自己増殖をするらしい。だから世に出回っているのが、オレの持っていた一冊だけ、ということはないだろう」

「……まあ、そうだろうな。その闇市《ブラックマーケット》の店で買ったのも、オマエひとりじゃないんだろ？」

「そのようだな。もちろん、人格の変貌《へんぼう》具合や、魔力の増減は個人差があるだろうが……」

とはいえ、厄介《やっかい》なことになった……と、ユノは内心で舌打ちをする。ザビルのように温厚で魔力の弱い人間でさえも、『原罪』を持つことであのような変容を遂《と》げたのだ。強力な魔力と悪意を持つ者に『原罪』が渡ったら、格段に面倒なことになるだろう。

そこでアスタが、我慢の限界を迎えたように口を開いた。

「っていうか、さっきから話聞いてて思ったけどさ、なんつーか、オマエ……めちゃくちゃいいヤツじゃねえか！　なんでこんな危ない魔導具に手ぇ出しちまったんだよ！」

「いいヤツ、か。クク、そう言ってくれるのは嬉《うれ》しいが……それだけでは貴族の世界は生きていけないのだよ」

ザビルは悲しげに告げる。

「オレは家柄には恵まれているが、魔力は弱いし気も小さい……面と向かって悪口を言う者はなかったが、陰《かげ》では次期当主としての資質を不安視され、そもそも世継《よつ》ぎを残せるか……結婚ができるのか、というところから疑問を持たれ始めた」

思ったよりも根が深い問題に、アスタは思わず口ごもる。ザビルは自嘲気味《じちょうぎみ》に笑って、

「焦《あせ》っていたのだろうな。それで……せめて魔力だけでも欲しくて、あんな怪しげな魔導具に頼ってしまった。その結果がこのざまだ――迷惑をかけて、本当にすまない」

そこで彼は、一同に向けて深々と頭を下げた。

「そしてオレを止めてくれて、ありがとう。罪を償《つぐな》った暁《あかつき》には、必ず礼をさせてもらうよ」

「え、い、いいよ、そういうの……っていうかオマエがいいヤツ過ぎて、ちょっと捕まえるのが申し訳なくなってきたよ」

「こんなオレでも再出発できる時がきたら、今度はきちんと努力をして実力を身に着けていく。今度は道具になど頼らず、自分の力で自分を変えていくのだ」

「もう説教の余地がどこにもねえ！　な、なあユノ、コイツ、なんとか許されねえかな！　ちょっと魔が差しただけなんだよ！　頼むよ、今回だけは見逃してやってくれよおォォ！」

泣きそうになりながら見当違いの懇願《こんがん》をするアスタを無視して、ユノはザビルに言う。

「『自分を変えたい』だと、目標が漠然《ばくぜん》とし過ぎてるな。それは長期の大きな目標にして、短期で達成できる目標を設定していったほうがいい。目の前の課題がわかりやすくなるぞ」

「え？　あ、ああ……」

と、ザビルは曖昧《あいまい》に頷く。唐突《とうとつ》すぎて、それが先ほどの決意に対するアドバイスだと気づ

かなかったのだ。

ユノは少し目をそらしながら話を続けた。

「昔、オマエと同じようなことを言っていたヤツが……知り合いにいた。その時のそいつに、そういうアドバイスをしたら、もっとうまくいったんじゃないか、と思ったことを言ってみただけだ。大したことじゃないけど……まあ、参考にできるようならしてみてくれ」

恥ずかしくて言えなかったが、その『知り合い』とはもちろん、幼き日のユノのことだ。

ただがむしゃらに魔法の鍛錬《たんれん》を行っていたあの頃の自分に、そんなアドバイスをしてくれる人物がいたら、もう少し効率的に訓練ができたのではないか、と。

そんな思いを込めて、少しだけおせっかいを焼いてみたくなったのだ。

「……努力の甲斐《かい》あって、そいつは魔法騎士団に入ることができた」

そしてついでにもう一言。おせっかいは承知の上で、言ってみることにする。

「オマエ、なんとなくそいつに似てるんだ。だからきっと大丈夫だ――頑張れ」

「…………っ！」

ザビルは面食らったような表情になってから、小さく笑いながら下を向いた。

「大丈夫、と、頑張れ……か。クク……そんなこと言ってくれるヤツ、今まで、誰もいなかったな……そうか。こんなに、嬉しいものなのだな……」

そう言って笑い続ける彼だったが、その目は少し、潤《うる》んでいる様子だった。

そんな大したことは言っていないのだが、彼に——かつてのユノと同じ境遇にある者にとって、少しでも有益な言葉になったのなら、幸いだ。

そんなふうにしんみりとしたところで、アスタがすべてをぶち壊すように言った。

「オ、オイ……なに言ってんだよユノ！　オレたちずっと一緒だったけど、そんなヤツいなかったろ！　怖《こえ》ぇよ！　しっかりしろ、オマエにはなにが見えてたんだよ！」

「バカかオマエ。いや、知ってるけど」

「……あ、わかった！　それ昔のオマエのことか！　はっはぁ～ん、でも恥ずかしいから、知り合いってことにしたんだろ！　なあ、そうなんだろ⁉」

「デリカシーゼロかオマエ。いや、知ってるけど」

「あ、いたわよ、みんな！　こっち！」

その時、屋敷のほうから声が聞こえてきて、そのあとに複数の足音が続いた。

「……あ、あの女、アレじゃない？　さっきユノに色目を使った、ディナとかいう女！」

それまで退屈そうにユノの髪の毛をイジっていたベルが、猫のように『フゥー！』と喉《のど》を鳴らす。彼女の言う通り、屋敷のほうからやってきたのはディナだ。

その後ろには、先ほど一緒にいた女の子たちも……。

……いや。

「あの子がユノくん⁉　やだ、めっちゃイケメンじゃない！」

「さっきの戦い見てましたぁ～。すごぉ～くカッコよかったですぅ～！」

「ねえねえ、アスタくんって子も、近くで見るとかわいくない⁉」

ディナは数十人の女の子たちを引き連れていて、彼女らはいずれも必死の形相《ぎょうそう》でこちらに向かって走ってきていた。

アスタが瞠目《どうもく》しながら叫ぶ。

「オ、オイ！　なんだよ、そいつら⁉」

「ユノさんとアスタさんが戦ってるところを見て、おふたりと一緒にお話がしたいって言ってる女の子たちです！　もちろん私もそうです！」

そんな現金な……と、ユノはうんざりしてしまった。ベルはますます頬を膨《ふく》らませ、

「ダメに決まってるでしょ！　っていうかディナはまだアレだけど、周《まわ》りの連中はなんなのよ！　さっきまでユノたちに冷たくしてたくせに、急に手のひら返しちゃってさ！」

「まあまあそう言うなよ、デコチビ精霊。主催者もオレらに礼をしたいんだとさ」

と、そこで会話に入ってきたのは、女の子たちの後からやってきたヤミだ。

「タダ酒飲み放題……いや、二次会って形でパーティを仕切り直してくれるんだとよ。せっ

かくの好意なんだから、受けなきゃ失礼だろ。タダ酒飲み放題だし」

相変わらず本音を隠す気のない彼の横で、クラウスはひとつ咳《せき》ばらいをしつつ、

「それに私たちが魔法騎士団員と知って、私やミモザ、ヤミ団長とも一献交《いっこんまじ》えたいと言っている方もいるそうだ。捜査に協力してもらう形となったのだから、無下《むげ》にはできまい」

もっともらしい言い分だったが、どこか言わされている感が否《いな》めず、時々ヤミの顔色をうかがうような素振りを見せている。

どうやらこの中間管理職、またどこかの破壊神上司にパワハラを受けたようだった。

そんな彼の横で、ミモザは涙目になってカタカタと震え、アスタとユノに言った。

「ユ、ユノさん、アスタさん……まさか、来ないなんてことは、ないですわよね？　わ、私をそんな空間に……婚活会場に残していくなんてこと、ないですわよねぇ？」

懇願するようなその訴えに、アスタは頬を掻いて、

「なんかよくわかんねえけど、さっきの美味い飯がまた食えるってことだよな？　だったら全然行くよ。っていうか、ずっと気になってたんだけど、その婚活ってなんなんだ？」

と、なんとも能天気に屋敷のほうに進んでいく。

その背中を眺めながら、ユノは無表情にため息をついて、一言。

「……ありえねぇ」

その後、屋敷にやってきた騎士団員たちにザビルを引き渡し――情状酌量《じょうじょうしゃくりょう》の余地ありと念入りに伝えたうえで――た後、魔法鑑識《かんしき》課に『原罪』との戦闘の一部始終、また、破壊したら消えたことなどを報告すると、一同は件《くだん》のパーティ会場へと戻った。そこで待っていた貴族たちは、胸をときめかせながらユノたちに殺到《さっとう》していったのだが……。

「ちょっとアンタ、香水つけ過ぎよ！　ユノに臭《にお》いがつくでしょ！　あとそっちのアンタ、さっきからなんでそんな小さいグラスを両手で持ってんの⁉　私かわいいでしょアピールがあからさますぎるのよ！　そんな女にユノと話す資格はないわ！」

ベルはユノの頭の上で、彼に群がる女の子たちを片端《かたはし》からディスり倒し、

「筋トレってさ、いっぺんに全身の筋肉を鍛《きた》えるっていう印象あるだろ？　でもそうじゃなくて、部位ごとに一点集中して鍛えることが大事なんだ。オレのおススメは……」

アスタは筋トレと筋肉の話しかせず、

「じ、自分はですね！　男女の健全なつき合いとは、まず、交換日記から始めるべきだと思っていましてですね、そ、その期間としては、二年程度が妥当《だとう》かと、思っていまして！」

クラウスはマジメと堅物《かたぶつ》の権化と化し、

「た、大変！　アナタ、とてもお口が臭《くさ》いですわよ！　誰かこの中で、ブレスケアの魔法が

使える方はいませんか⁉　お願いします、この方を助けてください！」

ミモザは天然失礼で言い寄ってくる男たちを薙《な》ぎ払《はら》い、

「あ？　オレの年収？　知らね。そういえばちゃんと計算したことねえな。だいたい給料日前には使いきるからさ。なにに使うかって？　ギャンブルだよギャンブル。あと酒とタバコ」

ヤミは感情が死《し》に絶《た》えたような目で酒をあおりながら、私生活のヤバさを淡々《たんたん》と語った。

そんな地獄の婚活に耐えられなくなった貴族たちは、ひとり、またひとりと会場を後にしていき……。

一時間も経《た》つ頃には、『金色』と『黒』の騎士団員以外、誰もいなくなっていたのだった。


そして、後日。

「先日のクラウス班による、『原罪』との接触に関する報告書です」

『金色の夜明け』団本部。ヴァンジャンスの執務室にて。

ヴァンジャンスの側近《そっきん》、アレクドラ・サンドラーは、ヴァンジャンスに報告書を提出していた。ヴァンジャンスはお礼を言ってそれを手に取り、ゆっくりと黙読《もくどく》する。

「……そうか。やはり『原罪』は暴走状態になると、触手魔法《しょくしゅまほう》が顕現《けんげん》するようだね。ほかの報告とも一致している」

「ハッ。なにがきっかけで暴走するか、顕現する魔法は触手魔法だけなのか……など、依然として不明な点は多いですが、徐々に情報が集まってきましたね」

「そうだね……報告ありがとう。もう下がっていいよ」

ヴァンジャンスはそう言うと、報告書の黙読へと戻る。

サンドラーは小さく返事をすると、三つ葉の敬礼をしてから退室していった。

「……なるほど。持ち主の魔力を肥大化させる……か」

それからしばらくして、報告書を読み終えたヴァンジャンスは、虚空《こくう》へと視線を放る。

そして、誰もいない執務室の中、まるで誰かに話しかけるような口調で、

「……本当に君の言っているものと似ているようだね――パ、ト、リ」

独《ひと》りごちるようにしてそう告げ、口元に怪しい笑みを浮かべたのだった。

BLACK CLOVER

1
2
3
4

二《に》章《しょう》✿ユリウスという人物《じんぶつ》

ユリウス・ノヴァクロノ。

言わずと知れた、魔法騎士団《まほうきしだん》の頂点に君臨する存在――魔法帝《まほうてい》だ。

彼の采配《さいはい》ですべての魔法騎士団が動き、日夜クローバー王国の平和を守り続けている。

そして彼自身もまた、騎士団トップの座に恥じない戦闘能力を有し、数々の戦《いくさ》を勝利へと導いてきた。魔法帝となったいまでさえも、自《みずか》ら進んで戦場へ赴《おもむ》き、八面六臂《はちめんろっぴ》の活躍を見せている。

クローバー王国の英雄。全魔法騎士団の――いや、全国民の憧《あこが》れの的《まと》。

ユリウスとは、そういう人物なのだ。

そのはずなのだが……。

「よ～しよしよしよしっ‼　遅くなってごめんねぇ～。餌《えさ》を持ってきましたよ～♪」

いま現在、その全国民の憧れの存在――ユリウスは、

「ほら、たぁんとお食べ！　たくさんあるからねぇ。あはは、そんな焦《あせ》らないでってば！」

ものすごくニヤニヤとして、赤ちゃんに語りかけるような甘い口調になりながら、

「あ～かわいい。本当にかわいいねえ、グラム。君の前だと、だいぶみっともない口調になってしまっている気がするよ。まあいいか、私たち以外誰もいないしね♪」

猪《いのしし》の子どもに、餌をあげていた。

「「…………っ!!」」

その様子《ようす》を隠れて見ながら、ユノは無表情に、しかし内心で激しく動揺しつつ、ベルはあからさまに動揺しながら、同じことを思っていた。

なんかよくわからないが、とにかく、ヤバいものを見てしまっている、と。

どうしてそんなヤバいことになったのか。それを説明するのにあまり長い時間は要さない。

その日、ユノとベルは平界《へいかい》の村『トナン』の付近へとパトロールに来ていた。

最近、この付近で盗賊団の活動が活発化しているらしく、しかもその盗賊団の誰かが、『原罪《げんざい》』を所有しているとの噂《うわさ》もあがってきているようだ。

そこで騎士団員が二人一組となり、交代でこの近辺をパトロールすることになったのだ。

その日の当番だったユノとベルは、違う団の団員とともにパトロールを終え、交代で来た団員たちに引き継ぎをしたのち、村から少し離れた森の中へとやってきた。

数日後に迫《せま》った王撰騎士団《ロイヤルナイツ》選抜試験に向けて、修業をするためだ。

先日のメレオレオナ・ヴァーミリオンによる温泉合宿――とは名ばかりの強制登山、及び殺人未遂――によってユノは、一定量の魔力を常時まとい、身を守ったり身体能力を向上させる技術〝マナスキン〟を身に着けた。しかし、試験に合格するためには――そしてアスタに差をつけるためには、この技術をもう一段階……いや、できれば二段階は進化させる必要があるだろう。

だからユノは任務の合間を見つけては、誰もいない場所で修業するようにしていたのだ。

この日も適当に人気《ひとけ》のないところを探していると、小さな湖沿いに建っている小屋を見つけた。放置された山小屋のような外観だったが、入り口付近についている足跡は真新《まあたら》しい。

盗賊団の隠《かく》れ家《が》か……？　と、思いながらユノは気配を消し、慎重《しんちょう》に山小屋へと近づいていった。するとその中に、胴体や足に包帯を巻いている猪の子どもが見えた。

不審に思いながらも猪に近づこうとしたところ、誰かが飛翔魔法《ひしょうまほう》でこちらにやってくるのが見えた。慌《あわ》てて茂みに隠れて、その様子を観察していると……。

「グ～ラ～ム～♪　いい子にしてたかなぁ？」

そんなふうに猫なで声を出しながら、空を飛んできた男――ユリウス・ノヴァクロノが小屋に近づいていって、猪に餌をあげ、汚れた包帯を外して、なで始めた……と。

そういうわけだった。

「よーしよしよしよしよしよしよし！　じゃあ包帯を換《か》えますからね～！」

なおも猫なで声を全開にするユリウスから目を離し、ユノとベルは顔を見合わせた。

どうやらユリウスはここで、あの猪の面倒《めんどう》を見ているらしい。それはわかるのだが……。

ベルは声量を落としてユノに問いかける。

「……ど、どうするのよ、ユノ？」

「どうするもこうするもないだろ。オレたちはなにも見てない。このまま帰ろう」

ユノは即答する。実際、それがお互いにとって一番幸せな道だろう。こちらもユリウスのあんな姿は見たくなかったが、向こうだって見られたくないに違いない。

幸いなことに、ユリウスはこちらの存在に気づいていない様子だ。こちらが気配を消しているのもあるだろうが、彼が猪をかわいがるのに夢中になりすぎて、周囲への警戒を緩《ゆる》めているからだろう。逃げるなら今しかない……と、思っていると、ベルはやや半眼《はんがん》になって、

「でも、あの子、だいぶ嫌《いや》がってるように見えるんだけど……」

……それにはユノも気づいている。というか、気づかないわけがない。

包帯を換えようとするユリウスに、猪は『プギッ、プギィ！』と威嚇《いかく》するような声を出し、その手から逃《のが》れるように身をよじっている。どう見たって懐《なつ》いていない様子だが……。

「……事情を知らないオレたちが、口を出すことじゃないだろ」

「まあ、そうだけど……」

それに、と、言葉をつけ足《た》して、ユノは再《ふたた》びユリウスを見た。

猪に抵抗されながらも、一生懸命に、そしてとても嬉《うれ》しそうに面倒を見ている、その姿を。

魔法について語っているとき、また、気心の知れた団長たちと喋っているとき同様、その目は嬉々《きき》としていて、心から楽しんでいるように見える。

自分が関《かか》わりたくないから、という思いとは無関係に、あんなに夢中になっているところを邪魔《じゃま》するのは、単純に気が引けるのだ。

「それに……なによ？」

「……なんでもない。行こう」

ユノはベルにそう答え、腰《こし》を浮かそうとした、その時。

「プギイイィィイッ！」

猪はひときわ大きく吠《ほ》えると、いきなりユリウスめがけて炎を吐き出した。

「ちょ、な、なによアレ!?」

「あの猪、フレイムボアか……！　炎魔法《ほのおまほう》を使う種類の猪だ」

普通の猪ならともかく、確かその手の動物は飼育が禁止されているはずなのだが……と、そんなことを言っている場合ではない。

「魔法帝！　大丈夫ですか？」

ユノはとっさに茂みから飛び出し、ユリウスの元へ向かったのだが……。

後々になって考えれば、これは愚《おろ》かな選択というほかなかった。

あの魔法帝が、フレイムボアの炎などで、どうにかなるはずがないのだ。

実際、彼は火傷《やけど》ひとつ負《お》っておらず、小屋に火の粉なども散っていなかったのだが……。

「………ユ、ユノ、くん………!?」

そう告げるユリウスの顔は、火を噴《ふ》きそうな勢いで真《ま》っ赤《か》になっていた。

「……い、いい、いいつから……みみ、見て、い、い………？」

「なにも見ていませんなにも聞いていません。失礼します」

ユノはものすごい早口でそう言うと、踵《きびす》を返してその場を後にした。

だいぶ強引《ごういん》な逃げ方だが、これが最適解であるとも思う。いまのはお互いにマイナスしかない出来事だ。なかったことにしてしまうのが一番良い。

「ま、待って！　は、話を聞いてほしいんだ！」

しかしなぜかユリウスは、必死の形相《ぎょうそう》でそう言いながらユノを追いかけてきて、

「ちょ、ちょっと待ってってば！　君に協力してほしいことがあるんだっ！」

……魔法帝じきじきにそう言われたら、足を止めるしかないだろう。

「……親が死んだフレイムボアの子どもを、ここで一時保護することになった、ですか」

その後、小屋の前のベンチへと招かれたユノとベルは、ユリウスからお茶とお茶菓子《がし》を振る舞われる――いずれも豪華な品々だったので、たぶん、口止め料的なアレだろう――とともに、そのような事情を説明されていた。

「うん。まあ、平たく言えばそういうことかな」

蝶々《ちょうちょ》を追いかけて元気に駆け回る猪――グラムを眺めながら、ユリウスは話を続けた。

「ついこの間、私がこの近くを通りかかったとき、盗賊たちに襲われているフレイムボアの親子を見つけてね。それがグラムとその両親だったんだ」

ベルは両手で持ったマカロンをアグアグと食べるのを中断し、ユリウスに訊《たず》ねる。

「なんで盗賊はわざわざそんなことしたのかしらね？　お腹《なか》でも空《す》いてたのかしら？」

「フレイムボアの毛皮は耐熱性に優《すぐ》れていて、魔導具《まどうぐ》なんかの素材として高く売れるからね。もちろん、だからと言ってむやみに殺していいものじゃないから、すぐに助けに入った。それで盗賊は捕《つか》まえられたのだけど……両親はすでにこときれていたんだ」

無表情に相槌《あいづち》を打つユノだったが、内心では苦《にが》い顔をする。盗賊団に荒らされている地域では間々あることだ。彼らはその地域の動物を無差別に殺したり、食料にしたり、金に換えるのだ。

「怪我《けが》はしていたものの、グラムだけはなんとか助けることができた。けれど放置することはできないから、動物の保護施設に預けようと思ったんだけど……どこも断《ことわ》られてしまったんだ」

「フレイムボアのような害獣《がいじゅう》は、飼育することが禁止されていますからね」

とはいえ、魔法帝の権力をフルに活用すれば、入れてくれる施設などどうにでもなるだろう。しかし、それでは飼育員やほかの動物に迷惑がかかってしまう。

ユノの知っている限りでは、ユリウスはそういうことをする男ではない。

ユリウスは軽く肩をすくめてから答えた。

「そうなんだよねえ。だからこうして、ここでこっそりと一時保護しているというわけなんだ。せめて怪我が治《なお》るくらいの間は、と思ってね」

ユノの解釈を裏づけるような言葉に、ユノは『なるほど……』と、改めて頷《うなず》いてみせる。

納得したようなその様子を確認しつつ、しかしユリウスは、少しだけ罪悪感を覚えていた。

この説明はウソではない。しかし、すべてを伝えたわけでもない。

なぜなら、ユリウスの時間魔法《じかんまほう》を使えば、あんな怪我など一瞬で治すことができるからだ。

しかし、それではグラムが『怪我ってこんな簡単に治るんだ！』と、勘違いしたまま育ってしまうかもしれない。

これ以上、人間の勝手な都合《つごう》で彼の常識を濁《にご》してしまうのは、避けたかったのだ。

脱線していた思考を元に戻し、ユリウスは話を続ける。

「そんなわけで、このことは秘密にしてくれるかな？　仮にも魔法騎士団の長たる者が、ルールに背《そむ》くようなことをしていると知れたら、いろいろ面倒なことになるからね」

とくにマルクスくんとかに知られたら、本当になにを言われるかわからないし……と、心の中で密《ひそ》かにつけ足した。『珍しいペットを飼うって……なに独身貴族の贅沢《ぜいたく》みたいなことをしているのですか！　そんなふうに遊びまわってないで、仕事をしてください！』みたいなことを言われ続ける未来が容易に想像できる。

そんな葛藤《かっとう》などは知る由《よし》もなく、ユノは軽く首を傾《かし》げ、

「もちろん誰にも言うつもりはないですが……こんなところで飼うのはやめたほうがいいんじゃないですか？　また盗賊に狙《ねら》われるかもしれませんし、ほぼ毎日交代で騎士団員も来るわけですから、いまみたいに誰かにバレるかもしれませんよ？」

「……それなんだけどね」

そこでユリウスは、小屋から少し離れた先の、大きな岩を指し示した。岩の前には、花が

二輪、供《そな》えるようにして置いてあった。

そしてグラムは時折、そこまで行って『プギュル、プギュル……』という独特の声で鳴いている。ユノも聞いたことがあったが、それはフレイムボアが親に甘えるときに発する声だ。

つまり、あの場所には……。

ユノの予感を的中させるように、ユリウスはひとつ頷いて、

「あの場所で、グラムの両親は殺された。たぶんそのせいだと思うんだけど……グラムはこの付近から動こうとしないんだ」

ユノは再び、心の中で苦い顔をした。

「……オレも村育ちなので、動物のそういう習性は見たことがあります。動物の赤ん坊は、親が死んでも傍《そば》から動かないことがありますからね。まさにそういう状態なんでしょう」

親の死体から無理やり引き離しても、またその場所を目指《めざ》して戻ってきてしまう。そうして他の動物の標的となったり、死体から病気をうつされたりして、結局は死んでしまうのだ。

ユリウスが保護しなければ、グラムもそうなっていたに違いない。

「魔法で親の死体を移動させる……なんてことまで考えたんだけど、死体を弄《もてあそ》んでいるように見えてしまったら困るからね。結局はあそこに埋葬《まいそう》してしまった」

「そうだったのね……」

と、悲しげにグラムを見つめてから、ベルはグッと拳《こぶし》に力を込めて、

「魔法帝！　アナタ偉《えら》い！　猪一匹のためにそこまでできるなんて、カッコいいわよ！」

「……おいベル、失礼だぞ」

「はは、ユノくん、かまわないよ。風の精霊《せいれい》さん、君にそう言ってもらえると嬉しいな。ついでに、少しだけでいいから、私の魔法と君の魔法を合わせてみないかい？」

「私はユノのだから、それは無理ね！　でもアナタのことはちょっと気に入ったし、私のことをベルって呼んでもいいわよ！」

と、なおも生意気《なまいき》な態度をとるベルだったが、ユリウスは『それは残念だなー。でも名前で呼べるのは嬉しいな！』なんて言いながら穏《おだ》やかに笑っている。

強大な力を持ちながら、誰に対しても寛大で、動物にさえ慈愛《じあい》の心を向ける。

ユリウスとは、そういう人物なのだ。

ユノが――そしてアスタが目指す存在は、やはりどこまでも大きい。

しかもユノが見ているのは、彼のほんの一部分でしかないのだ。それなのに、こんなにも大きな存在だということがわかる。その全容はいったいどれほどのものなのか……と、想像するだけでも気が遠くなるようだ。

けど、オレもきっといつか……！

ユノが胸の中の思いを再燃させていると、ユリウスが話を区切るように咳《せき》ばらいをした。

「それで本題なんだけど……君の言う通り、この場所は動物を飼うのに不向きだし、私も一応忙しい身だから、ひとりでグラムの面倒を見るのが大変になってきてしまってね……」

彼はだいぶ気まずそうな表情になり、ユノとベルを見ながら、

「その……勝手なお願いだということは重々承知なんだけど、君たちは口が堅《かた》そうだし……もしよかったら、グラムの面倒を見るのを手伝ってくれないかな？」

やはりそうきたか……と思いつつユノは黙考《もっこう》する。実際、そういった事情があるのであれば、偶然とはいえこの場を見てしまったユノとベルが協力するのが手っ取り早いだろう。

ただ、騎士団に秘密でことを進めるとなると、いろいろ面倒なことになるのは必至だ。

「もちろんこれは魔法帝としてではなくて、私個人からのお願いだから、断ってもなにも悪いことは起こらないよ。君たちにもルールを破らせてしまう格好《かっこう》になってしまうし……こういうのもなんだけど、誰かにバレたりとか、面倒な問題が起きることも考えられるからね」

そう。なにか問題が起きてからでは遅いのだ。安易に引き受けるべきではないだろう。

——が。

「もちろんいいですよ。オレとベルでよければ手伝わせてください」

「そうだよね。ダメだよね……選抜試験に向けての修業もあるし……って、え⁉」

がっくりとうなだれていた顔を上げて、ユリウスは驚いたような口調で告げる。

「え、い、いいのかい⁉　しかもそんな、わりとあっさり引き受けてくれる感じで……」

「はい。修業ならここですればいいですし……それに『なにか起こるかもしれない』って考えて、なにもしないままでいたら、なにもできないって思うんです」

後半部分の主張は、幼き日にユノ自身が経験したことだ。人生、なにもしなければ、本当になにも起こらない。それは嫌《いや》というほど味わった。

悪い可能性ばかりを考えて身動きが取れなくなるくらいなら、まずは自分の好きなように動いてみて、それからどうするか考えることも、時には必要なのだ。

そういう時があるということも、アイツの生きざまから教わった。

いまがその時であるかどうかはわからないが、少なくとも、

「それに『ルールに背《そむ》くようなことをしている』って言いますけど、人としてはこうすることのほうが正解だと思います。オレは自分が正しいと思うことの手伝いをするだけです」

ユリウスの考えが、そしてこの行動が、ユノは好きだ。

だったら、ほかの問題はひとまず考えず、そういう方向に動いてみてもいいだろう。

その考えを後押しするようにして、ベルはユリウスの周《まわ》りをクルクルと旋回しながら、

「そーよそーよ！　こんなカッコいいことしてるのに、こそこそひとりでやってるなんて、

おかしな話じゃない！　せめて私たちにも一緒にやらせなさい！」

「君たち……」

ユリウスは少し驚いたようにそう言ってから、

「……うん。ウィリアムは本当に、いいコたちに恵まれたようだね」

と、なにかに納得するようにひとつ頷き、再び穏やかな笑顔を浮かべた。

「本当にありがとう、ふたりとも！　それじゃあ、お言葉に甘えさせてもらうよ！」

ユノも薄く笑顔を浮かべて頭を下げてから、周囲を見回した。

「それにしても、この場所で飼うのは本当に危険ですよね。なにか対策を講じないと……」

「お、おぅ……本当にいいコだね。スッと、現実的な話にいけるなんて……」

ユリウスとしては、このほんわかとした空気感をもう少し味わいたいところだったが……

確かにそんな場合でもないだろう。

ユリウスは小屋の隅《すみ》に置いていた大きな布袋を取り、ふたりの前に持ってきた。

「その点に関してなんだけど、実はもう手は打ってあるんだ。盗賊と騎士団対策のために、いろいろと魔導具を買ってきてあるんだよ」

その中から高価そうな魔導具を、次々と取り出していく。

「えーっと、これが『悪《あ》しき魂《たましい》を持つ者を近づけなくする宝玉《ほうぎょく》』。こっちのは『魔力封印の首輪』でしょ。それからこっちが、『魔《マナ》の感知を阻害《そがい》する魔導具』で……」

その後も様々な魔導具を取り出しては、ニコニコしながらペラペラと解説していく彼。

先ほどまでユリウスに尊敬の眼差《まなざ》しを向けていたユノとベルだったが、徐々に『ちょっとこの人怖《こわ》い……』と思い始めていた。

猪一匹のために、どれほどのお金と熱意をつぎこんでいるのだろう……と。

ベルはユノの耳元でヒソヒソと言った。

「……ねえ、ユノ。この人アレじゃない？　それっぽい理由をつけてるけどさ……本当はただの、身内に内緒でペットを飼いたいだけのオジサン、なんじゃないかしら……？」

「そういうこと言うな……そういうこと、言うな」

少し自信がなさそうに答えたのは、言われてみるとそんな気がしてきたから、というわけではない。絶対にない。

「本で読んだんだけど、アラフォーの独身ってお金はうなるほどあるけど、使い道は限られるんですって。だからペットを飼うと父性が爆発して、お金をつぎこんじゃうらしいのよ」

「それは普通のアラフォーの独身のオジサンの話だろ。この人は魔法帝だ。一緒にするな」

「ん？　ユノくん、なにか言ったかい？」

「なんでもないです」

と、諸々《もろもろ》の疑惑や不安は残ったものの、とにかく、こうして――。

ユノとユリウスで、グラムの世話をする日々が始まった。


そして、翌日の早朝。

「お、ユノくん、ベルくん、朝早くからありがとうね～」

湖に向かって魔法の修業をしていたユノとベルの元へ、ユリウスが空から舞い降りた。

「おはようございます。魔法帝も早いですね」

「うん。今日はお昼前から会議だから、それまでここにいようと思ってね。ユノくんたちは？」

「オレたちは休みなんで、修業をしながら小屋の補強をしたり寝藁《ねわら》を換えたりしようかと。それと、まだしばらく大丈夫だと思いますが、グラムが親離れした時のことを考えて、簡単な柵《さく》も作ろうと思ってます。むやみに人里《ひとざと》に降りたら困りますからね」

「……お、おお、さっそくすごいね。本当に即戦力だ」

ユリウスは驚いた様子でそう言うが、元来マジメで凝《こ》り性《しょう》なユノだ。できることはできるうちにしてしまいたかった。

「ほらグラム、パパが来たわよー！」

ベルがそう言いながら、小屋の前で餌を食べるグラムのところまで飛んでいった。

ユリウスは怪訝《けげん》そうな——しかしどこか嬉しそうな——表情を浮かべながら、

「……パ、パパ？」

「……ベル。妙な呼び方するな。失礼だろ」

「いいじゃない。実際父親代わりみたいなもんなんだし」

「だからって、さすがにパパはないだろ……」

ユノとベルのそんな会話に、ユリウスがやや顔を赤くして、咳《せき》ばらいをしつつ入ってきた。

「ま、まあ、いいじゃないかユノくん。わ、私自身は違和感を覚えるけど、そういう言葉を使ったほうが、グラムにはいいかもしれない。私はちょっと、釈然《しゃくぜん》としないけど……」

「あ、じゃあべつにいいわよ。無理にそう呼ぼうと思ってるわけじゃ……」

「あ、いや、うん、それでいい。それでいこう」

と、半《なか》ば無理やり話を終わらせると、ユリウスはグラムの前にしゃがみこんだ。

「それにしても、もうグラムに餌をあげられるようになるなんて、ふたりともすごいじゃないか。私なんて、ここまで懐いてもらえるようになるまで一苦労だったのに……」

少し悲しげなその声に、ユノは小屋へ歩み寄りながら応じる。

「なぜかわからないんですけど、昔から動物には好かれるんです。ベルは風の精霊ですし、普通の人間よりは接しやすいんじゃないでしょうか。というか……」

そこでユノは、グラムの両親のお墓をチラリと見て言う。

「魔法帝が面倒を見始めたのは、両親が殺された直後のことなんですから、一番人間を毛嫌いしてた時のはずです。そんな状態で餌をあげたり、手当てできたほうがすごいですよ」

昨日《きのう》は包帯を換えるときにだいぶ抵抗されていたようだが、それは単純に怪我が痛んだからだろう。べつに懐かれていないというわけではなさそうだ。

「オレたちがグラムと仲良くなれたのは、魔法帝のおかげですよ。魔法帝が愛情を注《そそ》いでくれたから『人間の中にもいいやつはいる』って、わかってきたんじゃないですか？」

「そ、そうかな？　そうだと嬉しいのだけど……」

恥ずかしそうにそう告げて、ユリウスはグラムの頭に手を伸ばした。

「グラム～？　パ……パパだよ。パパが来ま……」

「プギィ、プギギィッ！」

ガブッ！

グラムは、全身全霊の力を込めるようにして、ユリウスの指に噛《か》みついた。

「「…………」」

ユリウスとユノの間に、とんでもなく気まずい空気が流れた。

そんななか、ひとり空気を読まないベルが、グラムの口を引っ張りながら叱責《しっせき》する。

「ちょっとグラム、やめなさいよ！　そんなこと私にもユノにもしないでしょ！　まるでアナタが、実はあんまり魔法帝に懐いてないみたいじゃない！」

この流れで絶対に言ってはいけない台詞《せりふ》に、ユノは顔を真《ま》っ青《さお》にするが、ユリウスは少しひきつった笑顔を浮かべながらベルをたしなめた。

「あ、あは、は！　いいんだよベルくん。きっとアレさ、お腹が空いてるんじゃないかな！」

「なに言ってるのよ！　ご飯《はん》なら食べたばっかりじゃない！」

「じゃあ、私にじゃれついてるんだよ！　うん！　きっと遊んでほしいんだ！」

「それにしては目がマジだったわ！　『指を噛みちぎってやる！』くらいの勢いだったし！」

「ベル、ベル！　その話もういい！　終わりにしよう！」

と、珍しく声を荒らげたユノが間に入ったところで、ベルは言葉を止め、ユリウスはゆっくりとグラムから指を引《ひ》き剝《は》がした。そして当のグラムは、トテトテと湖へと水を飲みに行ってしまう。かくして地獄の数秒間は終わったが、ユリウスはちょっと涙目になっていた。

なにかフォローを……と、ユノは思ったが、またベルが天然で核心を突いたこと……いや、見当違いなことを言いかねないので、さっさと別の話題を振ることにする。

「……魔法帝が買ってきた魔導具について、もう一度詳《くわ》しく教えてもらってもいいですか？」

それは本当に聞きたいと思っていた。昨日はさらっと説明されただけなので、詳しい性能などはわからずじまいだったのだ。

「あ、ああ……たくさんあるけど、一番重要なのは、アレかな」

ユリウスは気を取り直すようにそう言って、小屋の奥を指《さ》し示《しめ》す。

そこには、うっすらと輝く赤い宝玉が、寝藁に隠されるようにして置いてあった。

「あれは『悪人除《よ》け』と呼ばれる上級魔導具でね、あの宝玉を中心にして結界《けっかい》が展開されるんだけど、その範囲内には、悪しき魂を持つ者……悪人は入れないようになっているんだ。あれだけはグラムを飼うことにした初日に買ってきて、ずっと発動させてある」

ユノの肩へと戻ったベルが、『ほえ〜』と感心したように宝玉を見ながら言う。

「さすが上級魔導具ね。一家に一台……っていうか、ひとつの村に一台欲しいくらいだわ」

「はは。それができれば、騎士団の仕事もだいぶ楽になるんだけどね。でも守備範囲はそんなに広くないし、一般にも流通していないから、そういうわけにもいかないかな。それに、強力な魔法攻撃をくらえば結界が壊れてしまうから、そこまで万能ってわけでもないのさ」

「けど、グラムを盗賊から守るのには十分ですね」

ユノの言葉に『そうだね』と頷いてから、ユリウスは水浴びをするグラムのほうを向く。

彼の首元には、ネームプレートのついた首輪がしてあった。

「次に重要なのが、昨日買ってきたあの首輪かな。あれには魔法を封印する効果があるんだ。アレをしていればグラムは魔法を使えなくなるから、騎士団員の誰かに見つかったとしても、普通の猪だと思ってもらえると思うんだよね」

　そこでユリウスは、やや表情を引きつらせて続けた。

「まあ、見つからないのが一番だし、実際この辺《あた》りは用もなしに来るようなところじゃないんだけど……ユノくんたちのようにフラっと誰かが来てしまうことも考えられるからね」

「……なるほど。それで、他の魔導具は？」

　ここで三人が邂逅《かいこう》した時の『大事故』のことを思い出しそうになって、ユノは速攻《そっこう》で次の質問を投じることにした。ユリウスもその考えに乗るように、手早く説明を開始する。

「あとは私たちの姿を隠すものとか、魔力感知を鈍《にぶ》らせるものとか、細々《こまごま》した魔導具が多いかな。まあ、使い方はおいおい説明して……ん？」

　言い終わる前に、ユリウスの表情が急に険《けわ》しいものへと変わり、村がある方角へと鋭《するど》い視線を向ける。ユノもつられてそちらを見ると……。

「……来ますね。誰か」

「ああ。魔《マナ》の気配がふたつ、こちらに向かってくるのを感じる。ひとまず小屋に隠れよう」

　と、素早《すばや》く行動に移るふたりに対して、ベルは『え、え!?』とグラムのほうを見て、

「ちょっと！　グラムはあのままでいいの？　一緒に隠れましょうよ！」

「ダメだ、間に合わない。ひとまず様子を見て、なにかあったら出ていこう」

そう言いながら、ユリウスはベルを促《うなが》して小屋へと滑《すべ》りこんだ。

ほどなくして、森の奥からやってきたのは……。

「カカッ。ほ〜ら見ろ。べつになにもねえし、誰もいねえじゃねえかよぉ」

『翠緑《すいりょく》の蟷螂《とうろう》』団団長、ジャック・ザリッパー。

「妙《みょう》だな。確かに先ほど、このあたりで強力な魔力を感知したのだが……」

『碧《あお》の野薔薇《のばら》』団団長、シャーロット・ローズレイ。

騎士団員が……それも団長がふたり、湖畔へと足を踏み入れてきたのだった。

話の内容から察するに、ユノとユリウスどちらかの気配――おそらくは、ユリウスが飛んできた際の魔力を感知したのだろう――に気づいて、ここへ来てしまったらしい。

まさかの大物ふたりの登場に、ユノは内心で冷や汗をダラダラと垂《た》らしながら言う。

「なぜ騎士団長が、パトロールなんて雑務をしてるんでしょう……？」

「……選抜試験が近いからね。こういった雑務には団長や副団長のような役職者が出向いて、少しでも自分の団の団員に修業をさせているのだと思う」

整然と説明するユリウスだったが、内心はヒヤヒヤものだろう。普通の団員にバレるのもマズいのに、相手が団長ともなれば、さらにマズいことになるに違いない。

動揺しながらも小屋の中で息を殺していると、シャーロットが凛然《りんぜん》とした態度で言った。

「念のため、手分けしてこのあたりを探すぞ」

「マジかよ～。ったく、交代の時間まで、酒場でしっぽりやってるつもりだったのによぉ」

短いやりとりを終えてから、シャーロットは湖の周りを、ジャックはダルそうに森の中を捜索し始めた。その様子を見ながら、ユノは眉《まゆ》をひそめ、ユリウスに言う。

「……どうします。このままだとすぐに見つかりますよ」

「大丈夫だ。さっきも言ったように、魔《マナ》の感知を鈍《にぶ》らせる魔導具を作動させてあるから、私たちの魔力が感知されることはないし、さっき私たち三人を対象に『存在の認識を阻害する』魔導具も作動させた。つまり私たちはいま、姿も魔力も感知されない状態にある」

ユノは思った。それだけ魔導具にお金をかけられるのであれば、騎士団対策だって、なんかもっと他にやりようがあったんじゃないか、と。

ともあれ、そういうことならユノたちの存在がバレることはないだろう。問題なのは……。

「……ん？　なんだ。猪の子ども？　なぜこんな場所に……？」

ユノが懸念《けねん》した通り、シャーロットはグラムを見つけると、ゆっくりと歩み寄っていく。

グラムは彼女の登場に驚いて、硬直《こうちょく》している様子だ。

そうしている間に、シャーロットはグラムの目の前でしゃがみこんでしまった。

「……手当てを受けているのか。首輪もしているし、ここで誰かに飼われているのか……」

そう言ってグラムの首輪へと手を伸ばす。『それだけは外《はず》さないでくれ……！』と、小屋の中の三人は祈るようにしてその姿を見ていたのだが……。

「グラ……ム？　そう彫《ほ》ってあるな……なるほど。貴様《きさま》の名はグラムというのか」

独《ひと》りごちてから、キョロキョロと周囲を見回す彼女。とくに、ジャックが森の中に消えたままかどうかを念入りに見ている様子だった。

周りに誰もいないことを入念に確認した彼女は、改めてグラムに向き合って……。

「……グラム、ここにおいで。痛いことしないから、私のお膝《ひざ》の上においで♪」

たどたどしい、しかしとても優しい手つきでグラムを抱き上げ、自分の膝の上に置いた。

そして小さな女の子のように無邪気《むじゃき》な笑顔を浮かべ、その身体《からだ》を優しく抱きしめる。

「ふわあ……すごいな。猪の毛ってゴワゴワしているかと思ったが、すごくふわふわしているな。赤ちゃんだからなぁ。えへへ、気持ちいいな。かわいい……」

「「「………」」」

「小さいなぁ、オマエ。ちゃんとご飯食べられているのか？　そうだ、なにかおいしい物を持ってきてやろう！　なにが食べたい？　ん？　なんでも買ってやるぞ♪」

「「「…………」」」

シャーロットはなおもグラムをかわいがり続け、それを見ていた小屋の中の三人は、小刻《こきざ》みに震えながら顔を見合わせた。

予想していたこととは違う形で、とんでもないことになってしまった。

「ね、ねえ……ユノくん……？」

そんな場合ではない、とは思いつつも、ユリウスは半《なか》ば反射的に聞いてしまった。

「……もしかして、わ、私も、あんな感じに見えていた、かな……？」

「魔法帝、静かに。ジャック団長が戻ってきました」

ユリウスの質問をぶった切って、ユノは森のほうを視線で示す。そこには、ダラダラとこちらに戻ってくるジャックの姿があった。彼の存在に気づいたシャーロットが、グラムを降ろしてから立ち上がり、やや赤くなった顔を手で隠しながら口を開く。

「……ど、どうだ、ジャック。誰かいたか？」

「い～や。ひとっこひとりいねえよ。カカ。やっぱりオマエの勘違いじゃねえの？」

「……かもしれん。もしくはグラ……いや、この、怪我をした猪の飼い主が様子を見に来て、すぐに帰ったのかもしれんしな」

そうとだけ告げて、シャーロットはさっさと村のほうに戻り始めてしまった。

「ともかく、この場所にはなにもないとわかった。村に戻ってなにか餌を買っ……いや、む、村へ戻るぞ」

「え？　あ、オイッ」

ジャックの制止の声にも反応せず、彼女はなにか重大な使命でも帯《お》びているかのように、早足《はやあし》で森の中へと消えていってしまった。

「ったく、なんなんだよ……っていうかこの場所、いるだけですげぇ疲れるっつーか、体力も魔力も持ってかれる感じがすんぞ。なんか変な魔法でもかかってんじゃねえだろうなァ」

ジャックの独《ひと》り言《ごと》に、ユノは軽く首をひねった。なんのことを言っているのだろうか。少なくとも自分には、そんな症状は起きていないが……。

答えを求めるようにユリウスのほうを見ると、彼は少し気まずそうな様子で、

「たぶん。アレかな。『悪人除け』の効力が、中途半端な形で作用しているのかな……」

……なるほど。あの騎士団長は、『半分くらいは悪人』みたいな認識をされているらしい。

そんなことになっているとは知る由《よし》もなく、ジャックは周囲を見回しながら独りごちる。

「っつかアイツ、猪がどうこう言ってたけど、そんなのどこに……ああ、コイツか」

ギロッ、と、ジャックは鋭い視線を下げてグラムを見た。グラムはビクリと身動《みじろ》ぎし、小屋の中の三人は、さっきまでとは違う意味での警戒をした。

いきなり暴力を振るわれることはないと思うが、乱暴に扱われることはあるかもしれない。
それが目に余《あま》るようなら、止めに入ることも視野に入れなければならないだろう。
そんな緊張感を携《たずさ》えながら、三人は事態の趨勢《すうせい》を見守っていたのだが……。

「……なにしてるんですかね？　全然動かないですけど」

ユノの言う通り、ジャックはグラムの目を見たまま突っ立っているだけで、動きだす気配がまるでないのだ。グラムもビビって動かないし、そこだけ時が止まったような印象だった。

ベルが『ふむ』と言いながら、かけてもいない眼鏡《めがね》を押し上げるような素振《そぶ》りをして、

「……アレはきっと、一匹狼《いっぴきおおかみ》の不良が、捨《す》てられた子犬とかを見てる時と同じ心情になってるのよ。『お前も――ひとりぼっちなのか……？』的な」

「ひとりぼっちじゃねーよ。首輪も包帯もしてるんだから、それはわかるだろ」

すかさずユノがツッコむが、ベルは声を低くしてアテレコを続ける。

「『オマエを子分にして、助けてやるのは簡単だ。だがそうすると、オマエはこの先、人生なんてチョロいもんだって思っちまう。チョロくねえんだよ、人生は……チョロくねえ』」

「人の話聞けって。っていうかジャック団長のこと、うっすらイジってないか？」

再びユノがツッコんだ時、ジャックは湖の浅瀬《あさせ》まで行くと、裂断魔法《れつだんまほう》を使ってあっという間に魚を捕《と》ってみせた。そしてそれを、グラムの横へ放り投げる。ベルはすかさず、

「『おっといけねえ……魚を捕りすぎちまった。捨てるのはお天道様《てんとう》に申《もう》し訳《わけ》ねえから、オマエにくれてやる。じゃあな坊主《ぼうず》――強く生きろよ』……ぷふっ」

「いまイジったな。『お天道様』の辺とか完全にやったろ。やめてあげろよ……」

「ま、まあ、そんな言い方かどうかはわからないけど、それに近いことは思っているようだね……少なくとも、乱暴なことをする様子はなさそうだ」

三人でそんなやりとりをしているうちに、ジャックはその場を後にしていく。その後ろ姿が完全に森の中に消えたのを確認してから、ユリウスは大きく安堵《あんど》の息をついた。

「あー、びっくりした……これからはここに来るときは、魔力の感知を鈍らせる魔導具を使ったほうがよさそうだね」

「……そうですね。ついでに、姿を見えなくする魔導具も常備できると嬉しいです」

そうすれば、見てはいけないものを見る前に、その場から立ち去れます……と、心の中でつけ足しつつ、ユノはユリウスとともに小屋から出た。

ベルは『グラム、大丈夫だった？　怖かったねー！』と言いながらグラムの元へと飛んでいくが、当のグラムはなぜか嬉しそうに『プギ、プギー！』と飛《と》び跳《は》ねている。

その元気そうな姿に歩み寄りながら、ユリウスは苦笑《くしょう》を浮かべて言う。

「あはは。もっと怖がるかと思ったけど、意外と平気そうだね。人に慣れてきたのかな？」

「そうですね。好意を持っている人間には、警戒を緩めるようになったのかもしれません」

……もっとも、あのふたりがグラムのことを気に入りすぎて、またこの場に来るのではないかという副次的《ふくじてき》な問題は発生してしまったわけだが、それはもうしかたがない。その都度《つど》対応していくとしよう。

ユノがそんなふうに気持ちをきり替えていると、ユリウスはグラムの前へとしゃがみこみ、ジャックが捕った魚へと手を伸ばした。

「グラム、お魚もらってよかったね。パパが食べやすいように切り分けて……」

「プギ、プギギィッ！」

ガブ！

グラムは、全身全霊の力を込めるようにして、ユリウスの指に噛みついた。

「「…………」」

それからの数日間は、とくにトラブルが起きることもなく、順調に経過していった。

……いや、順調かどうかは意見が分かれるかもしれない。ユノが予見した通り、ジャックとシャーロットがちょくちょく湖畔に来るようになったり、相変《あいか》わらずグラムがユリウスにいまいち懐かなかったり、そのたびにベルが余計《よけい》なことを言ったり、そのせいで修業が中断したり……と、トラブルには発展しなかったものの、気苦労の多い日々ではあったからだ。

とはいえ、グラムの傷の治りも順調だし、だんだんと親のお墓に近づく頻度《ひんど》も減ってきている。少し寂《さび》しくなるが、この調子だったら、あと数日もすれば野生に戻せるだろう。

なるべく安全で人里から離れた場所を、本格的にピックアップしておかないと……と、考え事をしながら、ユノとベルが昼下がりのトナンの村で買い物をしていると、

「おや、ユノくんじゃないか」

歩いている最中、背後からそんな呼び声をかけられた。振り返ってみると、青い髪をマッシュルームカットにした男性がひとり、笑顔を浮かべながら佇《たたず》んでいる。

「お疲れさまです。えーっと。確かアナタは、通信魔法《つうしんまほう》の……」

「ああ、すまない。きちんと挨拶《あいさつ》をしたことがなかったね。私はマルクス・フランソワ。魔法帝の側近《そっきん》をしている者だ」

そう言って優しく笑うと、彼――マルクスは世間話をするようにユノへと近づいてきた。

「やはりパトロールを重点的にしている区域だと、騎士団員とよく会うね。昨日はジャック団長と会ったよ。あはは、普通に野菜を買っていて、びっくりしてしまった」

それ猪のために買ったんです。ほんとにびっくりですよね……とはもちろん言えず、調子を合わせて『意外と自炊《じすい》派なんですかね』と適当に返しておく。それから軽く首をひねり、

「それで、マルクスさんはなにをしにここに？」

「現地調査と情報収集のようなものさ。盗賊団に狙われていた区域がどういった状況かを見て、魔法帝に伝えようと……あ、いや、すまない。伝える順番がおかしくなってしまった」

　そこでマルクスは、話を整理するように少し黙考して、

「諸事情があって各団への通達が遅くなってしまったのだけど、半日ほど前に件《くだん》の盗賊団が鎮圧《ちんあつ》されたんだ」

「……え？」

　と、思わず声をあげてしまう。確かに盗賊団の討伐に乗り出してからそれなりに日数が経《た》っているので、そろそろ鎮圧《ちんあつ》できてもおかしくはない頃だが……。

「急な話ですね。ずいぶんと」

「ああ。今回は『原罪』が絡《から》んでいるかもしれないから、かなり慎重に捜査を進めていたんだけど……」

　そこでマルクスは、端正《たんせい》な顔を少しひきつらせて、

「……メレオレオナ団長が『コソ泥どもを捕らえるのに何日かけているのだ！』って感じで、捜査をしていた団員のお尻をひっぱたいてね。そのまま自分も捜査に参加して、盗賊団を壊《かい》滅《めつ》させたんだ。何人かは逃げられてしまったけど、ほぼ一瞬で終わったらしい」

盗賊団の方々、ご愁傷様《しゅうしょうさま》です……と、ユノは心の中で静かに手を合わせた。

「しかし押収物《おうしゅうぶつ》の中には『原罪』らしきものが見当たらなかったらしいんだ。所持しているという話そのものが眉唾《まゆつば》だったか、残党の誰かが持って逃げたか……まだ不確定要素が多いから、手がかりになる情報はないかと思って来てみたんだが、今のところさっぱりだね」

「……そうでしたか。お疲れさまです」

ねぎらいの言葉をかけつつ、ユノは内心で安堵《あんど》の息をつく。盗賊団さえ捕まってしまえば、この地域に危険はなくなる。残党が残っているという話だから、まだしばらくパトロールは続くだろうが、それでも頻度《ひんど》は減るはずだ。そうなれば、ここでグラムを飼うのが楽になる。

もう少し落ち着いたら、このあたりを散歩させてやるか……そんなことをほのぼのとした気持ちで考えていると、マルクスが『あ、そうそう』と言いつつ、懐《ふところ》に手を入れた。

「ついでに聞いて申し訳ないのだけど、この魔導具についてなにか知らないかい？」

「「…………!!」」

差し出されたそれを見て、ユノとベルは思わず目を剝《む》いてしまった。

マルクスの手に持たれているのは、赤く輝く宝玉――『悪人除け』だったのだ。

「……マルクスさん、それを、どこで……？」

ふたりの過剰な反応に不思議そうな顔をしながらも、マルクスは答えた。

「え……昨日、ジャック団長に渡されたんだ。なんでも、これを作動させると体調が悪くなるらしい。危険な魔導具かもしれないから、調べてみてほしい、って」

「……ジャック団長は、それをどこで手に入れたと言っていましたか？」

「えっと……詳しくは聞いていないけど、確か、どこかの山小屋の中だと言っていた」

――ユノの頭の中を、嫌な予感が巡った。

「これから魔導具の研究所に持っていくのだけど、ユノくんは特殊な任務に行くことも多かったろうから、これについてなにか知ってると思っ……って、ちょっと、どこ行くんだ⁉」

マルクスの呼びかけを無視して、ユノは風魔《かぜま》法《ほう》で湖畔《こはん》へ向かって飛んでいった。

ジャックが宝玉を拾ったのは一日前。盗賊団が壊滅したのは半日前。

昨日は早朝しかグラムのところへ顔を出せなかったし、ユリウスも昼前に少し顔を出しただけだと言っていた。そのあとにジャックが来て、宝玉を見つけ出したのだろう。

それ以降の時間で、アジトから逃げてきた残党《ざんとう》などが、湖畔の近くを通ったとしたら……。

その間、グラムを守るものはなにもなかった、ということになる。

食料として、あるいは金に換える目的で、グラムを手にかけることも、十分に考えられる。

そんな不運が重なることなど、そうそうないとは思う。しかし、もともとあの場所でグラムたちは襲われたのだ。盗賊があの山小屋を休憩場所などに利用していたことは考えられる。

残党たちが休憩するため、あの場所へ立ち寄ってしまったら……という思いが胸の中で膨《ふく》らんで、なりふりかまわずにグラムの元へと向かってしまったのだ。

「……グラムっ!!」

湖畔に到着するや、ユノは大声でそう叫んでいた。いつもなら『プギ、プギギィ!』と小屋の中から元気よく顔を出してくれる彼だったが……。

「……なによ、これ……なによこれ! ふざけんじゃないわよ!!」

怒りで小刻《こきざ》みに震えながら、ベルは大音声《だいおんじょう》で怒号《どごう》を放つ。

柵は一部が壊され、小屋も半壊《はんかい》している。そしてグラムの両親の死体も掘り起こされ、中途半端に皮を剝《は》がれた状態で、無残にもその場に横たわっていた。

そして当然のように、湖畔にはグラムの姿はない。

……最悪の想定が、当たってしまったようだった。

「ど、どうするのよユノ! グラムはどうなったの!? 私たちはどうすればいい!?」

目に涙をためながら、混乱した様子でベルが言う。彼女のように取り乱したりはしなかったものの、ユノも十分に混乱していた。

盗賊の残党の仕業《しわざ》であることはほぼ間違いないのだから、残党狩りに出ている団員たちと合流するのが一番現実的だろう。しかしこの広大な森の中、その団員たちを見つけることからして困難だし、そもそも残党を狩るのにそこまで多くの人数は動いていないだろう。それでは時間がかかりすぎてしまう。人員も時間も圧倒的に足《た》りないのだ。

　ユリウスと連絡もつかないこの状況で、自分がどう動けばいいかなど、わからな……。

「…………っ」

　そこまで思考をしてから、ユノは目をつむって、深く、大きく深呼吸をする。

　そうして心を落ち着かせて、なぜ自分がここにいるのかを思い出した。

　数秒置いてから目を開き、周囲の状況を冷静に観察しながら、言った。

「……血の跡《あと》は無いようだから、とりあえず、グラムがここで殺されたっていうことはないと思う。非常食かなにかにする目的で、生きたまま連れ去られたんだろう」

　途中で殺されているかもしれない、とか、動けないように重傷を負《お》わされているかもしれない、とか、ネガティブなことはひとまず掘り下げない。

　悪い可能性ばかりを考えて身動きが取れなくなるくらいなら、まずは自分の好きなように動いてみて、それからどうするか考えることも、時には必要で……。

　いまは間違いなく、その時だ。

「まずは盗賊の残党を追っている団員たちと合流して、このあたりの捜索状況を確認する。そうしてから通信用の魔導具を借りて、魔法帝に連絡をつけるぞ」

グラムが生きている可能性を信じ、自分たちにできることを全力でするのだ。

「行くぞベル……全力だ」

「うん……うん……っ！」

ユノのその言葉に、ベルはグシグシと目をぬぐってから、まっすぐにユノを見た。

ユノは薄く笑いながらひとつ頷いて、風魔法でその場を飛び立とうとしたのだが、

「はぁ、やっと追いついた……ちょっと、ユノくん、いきなりどうしたんだい⁉」

再び背後から声を掛けられる。振り返ってみると、額《ひたい》に汗を浮かべたマルクスが、箒《ほうき》を片手にこちらへと歩み寄ってくるところだった。

「マルクスさん……追ってきたんですか」

「いや、目の前で血相《けっそう》を変えて走りだされたら、それは追いかけもする……って、なんだい、ここは⁉　どういう状況だ⁉」

と、彼は慌てた様子で湖畔を見回した。彼にだけはこのことがバレたくない、と言っていたユリウスだったが、もはやそんなことを言っている場合でもないだろう。それに偶然とはいえ彼がいてくれて助かった。すぐにユリウスに連絡を取れるのは、だいぶありがたい。

「詳しい事情は後で話します。ひとまず魔法帝へ連絡をしてもらっても……」

……と、言いかけたが、直後にふと、思いつく。

いまは人員も時間も圧倒的に足りない状況だ。仮にユリウスが職権を濫用《らんよう》して、残党狩《が》りに多数の団員を投入することにしたとしても、相応《そうおう》の時間を要するだろう。

もっと手っ取り早く、しかも大量の人員を、いますぐこの場に集める方法が浮かんだのだ。

「え⁉　あのわんぱく魔法マニア……いや、魔法帝も絡んでいるのかい⁉」

なにやら不敬《ふけい》じみた発言がマルクスから聞こえたような気もしたが、ともかく。

思いついたその作戦を、ユノはすぐさまマルクスに伝え、実行に移した――。


それから数十分後、トナンから南西に進んだ先にある森の中。

十人ほどのガラの悪い男が、箒に乗って森の中を飛んでいた。

「急げバカども！　追手が来ちまうだろうが！」

先頭を行く禿頭《はげあたま》の男――ガロは背後の子分たちに怒声《どせい》を放ち、より速度をはやめた。

彼らは壊滅した盗賊団の残党だ。魔法騎士団の目をかいくぐり、恵外界《けいがいかい》にある第二のアジトに向けて逃走している最中だった。そして、ガロの箒に吊《つ》るされた麻袋《あさぶくろ》の中には……。

「プギィ、プギィ、プギィッ‼」

先ほど湖畔で生け捕《い》りにした猪《ど》の子どもが、ジタバタと暴れまわっていた。

「うるせえクソ豚《ぶた》！　アジトに着いたら食ってやるから、大人《おとな》しくしてやがれ！」

ガロは現状へのいら立ちをぶつけるようにして恫喝《どうかつ》する。そこでガロへと追いついてきた子分のひとりが、ため息交《ま》じりに意見した。

「っていうかお頭《かしら》。なんでそんなガキのフレイムボアまでさらってきたんですか？　皮を剝いで売ったって、大した金になんねえっすよ。その魔法封じの首輪だけいただいて……っひ！」

そこで子分は、怯《ひる》んだような声を出しながらビクリと身じろぎする。

「……アジトが、潰《つぶ》されたから、だよ」

ガロが唸《うな》るようにそう言いながら、血走った目でこちらを見ていた。

「金も食料も根こそぎぶんどられたんだぞ⁉　大した金にならなくても、盗れるもんは盗っとくんだよ！　そもそも、テメエらがダラしねえからやられたんだろうが、あぁッ⁉」

「す、すいません！　すいませんでし……ガホッ！」

胸倉《むなぐら》を摑《つか》まれて揺すられる子分を見て、後方にいる男たちは不安げに顔を見合わせる。

「……な、なあ。お頭、やっぱ最近、ちょっと変……だよな？」

「あ、ああ……今まで以上に凶暴になったっつーか、がめつくなったっつーか……」

「オイ！　なんか言ったかよ⁉」

ガロは背後を振り返って恫喝《どうかつ》し、不届きなことを言った者を探そうとして……。

異変に気づいた。

地面に落ちる影の数が、ひとつ多い。

それに気づき、ガロが上空を見上げようとした、その時。

「――裂断魔法〝デスサイズ〟」

ザガァァァッ！

巨大な魔力の刃《やいば》が、一同の上空から振り下ろされた。

「「「「うお、うおおおぉぉぉォォォッ‼」」」」

放たれた緑色の刃は、一同の行く手を阻《はば》むようにして、轟音《ごうおん》を立てながらガロの眼前へと突き刺さる。周囲の木々は大きく鳴動《めいどう》し、地面は底が見えないほど深く切り裂かれていた。

こんなものが直撃したら、いったいどうなってしまうのか……？

「……カカッ。ったく。強く生きろ、ってたのによぉ」

恐ろしい想像に震える一同の頭上で、悪意と殺意を凝集《ぎょうしゅう》させたような声がした。

そこで箒の上に立っていたのは、冗談のように巨大な刃を前腕《ぜんわん》から生《は》やした、細長い男。

「ずいぶんと裂《さ》き応《ごた》えがなさそうな連中に拉致《らち》られてるじゃねえか、坊主」

彼は猟奇的な笑顔を浮かべて舌なめずりをし、両腕を大きく振りかぶった。

「まァいいか――今からそいつら八十等分にすっから、手本としてよく見とけや」

「さ……散開《さんかい》！　各自散開しろ!!」

次々と放たれる斬撃《ざんげき》から逃《のが》れようと、残党たちは蜘蛛《くも》の子《こ》を散らすようにその場から離脱する。ガロは大きく左に折れて進み、その後ろに子分がふたりついてきた。

「お、お頭！　アイツ、あの魔法……『翠緑の蟷螂』団団長のジャックですよ！　なんであんな大物が、たかが残党狩りに来てやがるんですか!?」

「オレが知るかよっ!!　いいからとっとと逃げ……ん？」

そう言い終わる前に、再び不吉な事柄に気づいた。視線の先では、甲冑《かっちゅう》に身を包んだ絶世の美女が、ガロたちを待ち受けるようにして佇《たたず》んでいたのだ。

普段《ふだん》なら喜ばしいはずの状況に、しかしガロは渋面《じゅうめん》を広げる。ジャックと同様、直接面識はないが、噂《うわさ》なら嫌というほど耳にしたことがある。

あの顔、そしてあのいで立ちは、確か『碧の野薔薇』団団長の、シャーロット……。

「荊魔法《いばらまほう》〝軀狩《くが》りの荊棘樹《おどろじゅ》〟」

ゾバアアアァァァッ！

ガロの推測を裏づけるように、左右の地面が不自然に盛り上がり、幾重《いくえ》にも折り重なった荊の円錐《えんすい》が、塔《とう》のような形を成《な》して突き出てきた。

「「うがあああぁぁァァっ！」」

子分の二人はなすすべなく荊の餌食《えじき》となったが、ガロはその間をすり抜けて直撃を免《まぬが》れる。

いや、というより、荊は最初からガロを狙っていなかったような気もするのだが……。

「……安心しろ。貴様には当てん。その麻袋の中にグラム……いや、猪がいるのだろう？」

奇妙な感覚を覚えるガロに、美女——シャーロットが静かに、しかしよく通る声で言う。

その美しい顔は、遠目から見てもわかるほど、ゴリゴリにブチギレていた。

「さっさと渡せ——そうすればまだ、四肢《しし》を引き裂くだけで勘弁《かんべん》してやるぞっ‼」

「ひ、ひいいいぃぃぃィイイッ！」

その気迫に圧《お》されて、ガロは悲鳴をあげながら逃げ出してしまった。

しかし、逃げた方向からは、

「風魔法〝カマイタチの三日月《みかづき》　四刃《しじん》〟」

「うおおォォッ！」

三日月の形をした刃が四本、うなりをあげて飛来し、ガロの周囲の木を次々と切り飛ばしていった。そして木々が倒れ落ちる音に紛《まぎ》れて、頭上から男女の声が聞こえてくる。

「これで視界が開けたな……悪党の顔がよく見える」

「べつに見たくもないけどね！　カッコ悪くて、汚くて、小物《こもの》感あふれる、３Ｋ顔だわ！」

そんなかけ合いとともにガロの前へやってきたのは、眉目秀麗《びもくしゅうれい》な黒髪の少年と、彼の周りを飛び回る、人形のようなサイズの女の子――なにかの魔導具だろうか？――だ。

そして、視界が開けたことによって明らかになったのだが……。

「……オイ、なんだよ……なんなんだよ、この人数⁉」

十数名……いや、下手《へた》をすれば数十名はいるかもしれない。

箒に乗った大人数の魔法騎士団によって、ガロたちは完全に包囲されていたのだ。

「た、たかが残党狩りに……なんで、こんな……⁉」

「……さあ、なんでだろうな？」

呻《うめ》くように告げるガロの前に、少年は無表情に舞い降りて、静かに告げた。

「誰かの子どもとか、弟とか、子分とか……そういうのを盗《と》ったんじゃないのか、オマエ？」


実際、ユノもここまで人が集まるとは思っていなかった。

なにせユノが言ったのは、たった一言だけなのだ。

あの後、マルクスを通してユリウスに状況報告をしたのち、『翠緑の蟷螂』団と『碧の野薔薇』団の本部へ連絡をしてもらい、一言こう言っただけ。

『盗賊団の残党が、湖畔で飼われていた猪の子どもを攫《さら》って逃走中』

それだけ連絡し、残党狩りをしている団員たちと合流。ユノも捜索をしているうちに、あれよあれよという間に『翠緑の蟷螂』と『碧の野薔薇』の団員たちが参集《さんしゅう》してきたのだ。

聞けば彼らは、なぜか団長から残党狩りに加わるように指示を出されたらしく、団長ふたりも血眼《ちまなこ》になって捜索をしているとのことだった。

かくして大人数かつ猛者揃《もさぞろ》いとなった残党狩りの一団は、その機動力やら制圧力を遺憾《いかん》なく発揮し、あっという間に残党たちを発見して追い詰めたのだった。

「――カカッ。ったく、クソガキがよぉ。オレらを利用するたぁ、いい度胸《どきょう》じゃねえか」

ガロと対峙《たいじ》するユノへと歩み寄り、ジャックは刃先でちょいちょいとユノの肩をつついた。

「利用したわけじゃなくて、それしか思いつかな……痛い。痛いです。刺さってます」

「……ま、まあ、私はべつに猪などどうでもよかったのだがな。残党は『原罪』を所持しているとの報告があったから、一刻も早く捕縛《ほばく》したほうがいいと考え、この場に参じたまでだ」

そう言いながらふたりの元へやってきたのは、少し顔を赤くしたシャーロットだ。

「猪にも気まぐれで餌《え》づけしただけだが……ん？」

そこでシャーロットは、なにか重大なことに気づいたように震えだした。

そして握《にぎ》りしめた剣の柄《つか》から荊を創成《そうせい》し、ユノの首へ巻きつける。

「……貴様、まさかとは思うが……わ、私が餌づけしているところを……見ていないよな？」

「なんの話です？　オレはおふたりが湖畔から飛び立っていくところを見て、グラムと接点があると思っただけ……痛い。痛いです。あの、マジでオレこういうキャラじゃないんで」

「クソ……クソ！　あと少しだったってのに……こんなふざけた連中に……クソッ!!」

三人のやりとりを目の当《ま》たり《あ》にして、ガロは低くうなるようにして悪態《あくたい》をつく。そこでベルが『あ、忘れてたわ。アンタいたのね』と言ってから、いつも通りの大声で、

「ふざけてんのはアンタでしょ!?　とっととグラムを返しなさいよ！」

「……待て、ベル。様子がおかしい」

と、いまにもガロに噛みついていきそうなベルを止め、ユノは彼の様子を観察した。

息が著《いちじる》しく荒くなり、目も血走って、うっすらと血がにじむほど歯噛《はが》みしている。

これは、ザビルの時と同じ……！

「クソが……クソが！　クソがクソがクソがクソがクソガクソガクソガクソガアアアァァァ!!」

ガロは正気《しょうき》を失ったような叫び声をあげ、その胸元から真《ま》っ白《しろ》な魔導書《グリモワール》が飛び出した。

そしてその背後から、無数の白い触手《しょくしゅ》が生成《せいせい》され、しなるように大きく蠢《うごめ》く。

――『原罪』が、暴走を始めてしまったらしい。

「プギ、プギギィ、プギィー！」

とたん、ガロの足元にある麻袋の中から、グラムの苦しそうな声が聞こえてくる。これだ

けの魔力にあてられているのだから、それだけでも苦しいし、怖いだろう。

そして触手攻撃を一度でも食らえば、グラムの小さな身体などひとたまりもない。

「……グラム！」

すかさずユノとベルは、マナスキンを発動させながらグラムに向けて走る。

「あ、オイ！　無茶《むちゃ》をするな！」

シャーロットはユノに制止の声をかけたが、それにかぶせるようにしてジャックが叫ぶ。

「いや、アイツの判断が正しい……オイ、テメエらぁ！　あの盗賊を攻撃しつつ、全力でアイツの動きをサポートしろ！　アイツと、盗賊の足元にある麻袋には、指一本触れさせせんじゃねえッ!!」

ジャックの号令のもと、周囲にいる魔法騎士団員の一斉《いっせい》攻撃が始まった。

「クッソ、ガ……クソガ、クソガ、クソガアあアァあァあアッ！」

ガロは迫りくる魔法攻撃を触手で弾《はじ》きながらも、周囲をめちゃくちゃに攻撃している。

しかしユノとグラムに近づく触手はすべて裂断され、あるいは荊の餌食《えじき》となり、あるいはそれ以外の方法で、次々に霧散《むさん》していった。

ユノ自身も風魔法でグラムの身に迫る触手を破壊するが、数が多すぎる。

「グラムッ!!」

あとほんの数歩の距離に迫ったとき、攻撃の合間を縫《ぬ》って、一本の触手がグラムに迫る。

そしてそれが、グラムに向けて振り下ろされた、その時。

「——時間拘束魔法《じかんこうそくまほう》〝クロノ スタシス〟」

ヴンンッ……。

時が、止まった。

ガロが。触手が。ユノとベルが。そして、周囲にいるすべての魔法騎士団員すらも。

とてつもなく巨大な球状の魔力に包みこまれて、動きを止めたのだ。

何が起こっているのか……と、ユノが思考を始める前に、魔力がだんだんと収束《しゅうそく》していって、ガロの身体のみを拘束する形となった。

触手は動きを止めていたが、やがて力なくうなだれ、すべて霧散していく。

時間の拘束から解《と》き放《はな》たれたユノが、しりもちをついたままその様子を見ていると、

「……なるほど。術者が無力化すると、触手も消えるのか……念のため、このあたり一帯の時間を止めたのだけど、そこまでする必要はなかったようだね」

さらりとすごいことを言いながら、この状況を作り上げた人物——ユリウスがゆっくりと、ユノの前へと降り立った。

「遅くなってごめんよ、ユノくん、ベルくん。本当によく頑張《がんば》ってくれたね……」

彼はきわめていつも通りの口調でそう告げ、そして長閑《のどか》に笑っているが、ユノは……いや、きっとそこにいる全員が、圧倒されながら彼のことを見ていた。

彼はここに着いて早々、あれだけ強力な魔法を、あれだけの広範囲で展開したのち、術者のみを閉じこめるという精巧な作業をやってのけたのだ。

しかも、なんの予備動作もなしに、たったの一瞬で。

彼がとてつもない力の持ち主だということは、この場の誰もが理解している。

しかし、目の前でその力を行使《こうし》されると、改めて思い知るのだ。

彼がクローバー王国最強の魔道士《まどうし》——魔法帝だということを。

やはりユノが、アスタが越えるべき壁は、とてつもなく高い。

……だけど。

「怪我はないかい？」

ユノに向け、ユリウスが手を差し伸べてきた。反射的にその手を握り返そうとするが、

「…………っ」

思い直したように手を引っこめて、両足のわずかな震えを無理やり抑《おさ》えながら、

「……はい。こちらこそ、ありがとうございました」

しっかりと、自分の力だけで立ち上がった。

——きっといつか、この壁を、乗り越えて見せる。

そんな思いを込めて、一人の力だけで立ち上がったのだ。

「うん。はは。手助けは……いらなかったかな……？」

前にもこんなやりとり、誰かさんとしたことがあったっけなあ……と、場違いなのは承知の上で、ユリウスは温《あたた》かな気持ちでそう思う。

自分の次の世代……ヤミやヴァンジャンスたちはすでに団長として活躍しているし、その次の世代である彼らも、こうして強い意志を携えて、順調に育ってきている。

彼ら——ユリウスの意志を受《う》け継《つ》ぐ者たちの力によって、魔法騎士団は、そしてこの国はだんだんと、より望ましい形に生まれ変わろうとしているように思うのだ。

数十年欲しいとは言わない。あと十数年……いや、あるいは数年のうちに。

ユリウスが望んだ未来が、ある程度は形になるのではないか、と。

若い力を前にして、ユリウスは改めてそう思ったのだった。

「……ま、だからといって、まだまだこの座を渡すつもりはないけどね～」

「……え、なんですか？」

「なんでもないよ……と、感傷《かんしょう》に浸《ひた》ってる場合でもないか。グラムを助けないと」

と、一方的に告げてから、ユリウスは麻袋を手に取って手早く開いた。すると中からグラムが飛び出してきて、『プギィ、プギィー！』とユリウスの胸へと飛びこんでくる。

「グラム、大丈夫⁉　痛いところはない⁉」

「怪我は……なさそうだな。よかった……」

すかさずベルとユノも近づいていくと、グラムは再び元気そうに鳴いてみせた。身体的ダメージもそうだが、精神的にもそこまで傷ついていない様子だ。

……むしろ、今後の後処理や報告、そしてマルクスからのお説教《せっきょう》のことを思うと、こちらの精神のほうがヤバいのだが……まあ、そんなことは小さな問題だろう。

「グラム……ごめんね。怖かったろう。本当によく頑張ったね」

ユリウスはグラムの頭を撫《な》でながら、少し涙目になって彼に話しかけた。

「もう、大丈夫だからね。パパと一緒に帰ろ……」

「プギ、プギィー！」

ガブ！

グラムは、全身全霊の力を込めるようにして、ユリウスの指に噛みついた。

「……まったく、アナタという人は！　珍しいペットを飼うって……なに独身貴族の贅沢《ぜいたく》みたいなことをしているのですか！　そんなふうに遊び回ってないで、仕事をしてください！」

「……はい……はい……はい……ごめんなさい……」

と、マルクスによるユリウスへのお説教が続く中、事後処理はつつがなく進んでいった。

といっても、もともと人数が揃《そろ》っていたので、ユノがやることはそう多くはなかった。盗賊の搬送《はんそう》や魔導具の研究者たちによる聴取など、最低限やることも先ほど終わったので、いまはユリウスが説教をされている横で、ジャックとシャーロットとともに今後について話し合っていた。

すなわち……。

「……グラムは近いうちに、野生に返そうと思ってるんです」

その計画を、ふたりとも共有すべきだと考えたのだ。

グラムを抱っこしながらユノが言うと、ジャックは頭を掻《か》き、つまらなそうに答えた。

「オレはべつにどうでもいいけど……まあ、そうだろうなぁ。そもそも野生の獣《けもの》は、あんま人間と関わるべきじゃねえし、また今回みてえに悪《わり》ぃことに巻きこんじまうかも知れねー。怪我が治ったら、とっととどっかに放り出したほうがいいな」

「し、しかし……幼体《ようたい》の猪が、親の保護もなく安全に暮らせる場所などあるのか？」

少し動揺した様子でシャーロットが問いかける。ちなみに彼女は先ほど、ユノの目を盗んでグラムをどこかに連れ去り、『さっきはひどいこと言ってごめんな？　オマエのこと、どうでもいいなんて思ってないぞ。お姉ちゃん、グラムのこと大好きだからな』と言っていた。ベルがその現場を目撃したと、ユノに報告してきたのだが……それはともかく。

そこでようやくお説教がひと段落ついたらしく、ユリウスがこちらの会話に入ってくる。

「……私たちもいくつか探しているんだけど、なかなかいい場所が見つからなくてね。君たち、どこかいい場所を知らないかい？」

ジャックとシャーロットは顔を見合わせてから、口々に言う。

「いや、それ聞くんだったら、オレらよりも適任者がいるでしょうよ」

「しかも、おそらく、もうすぐこちらに馳《は》せ参《さん》じると思いますが……」

「……え？」

と、ユリウスが軽く首をひねったとき、常軌《じょうき》を逸《いっ》した大きさの声が、響《ひび》き渡《わた》った。

「魔法帝っ！　私が討《う》ち漏《も》らした賊を捕らえてくださり、まことにありがとうございますッ！」

そんな大声とともに上空から降ってきたのは、メレオレオナ・ヴァーミリオン。

フエゴレオンの代理として『紅蓮《ぐれん》の獅子王《ししおう》』団の団長を務《つと》める女傑《じょけつ》だ。

しかし、団長に就任する以前は……。

「……なるほど！　確か彼女は、年に三百日以上も森や野で生活をしていたはずだからね。

そういった情報に詳しいかもしれない」

「ええ。なんだったら、メレオレオナ様に預けてもよろしいかと」

ユリウスとシャーロットがそんな会話をしていると、メレオレオナは豪快に笑いながら一同の前へと歩いてきた。

「しかも『原罪』を破壊せずに確保したとか！　さすが魔法帝！　これで解析が楽に……ん？」

言葉の途中で、彼女はグラムへと鋭い視線を突き刺す。それから軽く舌なめずりをして、

「ほほぅ。美味《うま》そうな猪を捕らえたのですね。帰ったらさっそくジビエ料理にしましょう！」

……とりあえず、預けるのは絶対やめよう。

「なるほど！　そういうことであれば、いくらでも良い場所を紹介しましょう！」

その後、グラムがメレオレオナのことを死ぬほど怖がってしまったため、ユノとベルでグラムを少し離れた場所へ連れていき、ユリウスがメレオレオナに事情を説明したところ、彼女は大きな胸を叩《たた》きながらそう言ってくれた。

ちなみにジャックとシャーロットは、ほかの団員やマルクスを連れて帰っていった。ジャックは帰り際《ぎわ》、意味深《いみしん》にグラムの目を見つめ、その時にベルが小声で『じゃあな坊主。負け

んじゃねえぞ――人生ってやつによ』とアテレコをしていたのだが……それもともかく。

　メレオレオナは相変わらずの大声で話を続ける。

「自然界の中には要所要所に『子育てスポット』という場所がありますからな！　そこは餌も豊富で縄張り争いも少ないのです。そういった場所なら、いくつか心当たりがあります！」

　そこで彼女は、ずい、とユリウスに顔を寄せて、

「――で、それはそうと、魔法帝。今回は、どんな悪だくみをされたのですかな？」

　声を落として、そう訊ねてきた。ユリウスは先ほどまでと変わらずにニコニコしながら、

「……さて、なんの話だい？」

「とぼけないでください……あなたほどの人脈があれば、猪の面倒を頼める者など、ほかにいくらでもいたはずです。なのに、わざわざあの小僧を選んだ」

　メレオレオナはチラリとユノを見てから、再び含みのある笑いをユリウスに向けて、

「ともに猪を育てるという状況を作り上げ、ヤツが――精霊に選ばれた天才が、どのような修業をし、どんな成長を遂《と》げるか見届けていた……そんなところなのでしょう？」

「……半分正解で、半分外《はず》れかな。ユノくんに見つかったのは本当に偶然だよ」

　ユリウスは小さく笑うと、観念して口を割った。まあ、彼女も個人的な興味で聞いているだけだろうし、こちらもそこまで秘密にしたいわけでもない。べつに話してもいいだろう。

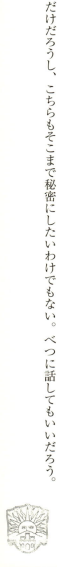

「でも、シルフを使った戦闘方法やシルフ自身の人格、そして人間に対してどれくらい友好的なのか……とかっていうのは、『白夜《びやくや》の魔眼《まがん》』への対策を立てるにあたって、詳しく知っておきたかったからね。一緒にグラムの世話をしながら『ついで』に観察しようとしただけさ」

実際、彼らの戦闘は選抜試験でも見られるし、お願いすればいくらでもベルと話す機会も設《もう》けてくれただろう。しかし、それはあくまでも『仕事として』だ。

腹を割って話をするには、互いに信頼しながら、なにかの作業を一緒にやるのが一番手っ取り早い。少し不謹慎《ふきんしん》ではあるが、そうするためにこの状況を利用したのだ。

ついでに言えば『フレイムボアを飼っているのを秘密にする』ということも、実はそこまで重要なことではない。秘密を共有することでより緊密な仲になることが目的だった。

その甲斐《かい》あってか、ところどころでユノが修業をしている場面を見ることができたし、ベルの魔法や人となりも理解することができた。

そして、少しだけ仲良くなることもできたように思う。

あくまでも『ついで』とはいえ、大きな収穫になったことは事実だ。

「だからべつに、悪だくみってほど大げさなものではないよ。そういう状況になるように、少ぉ〜しだけ誘導しただけさ。協力者が欲しかったのは本当だしね」

「……なるほど。では、ジャックとシャーロットの件は、どうですかな？」

メレオレオナは楽しげに追及を続ける。ユリウスの弱みを握ろうとしているわけではなく、単純に自分の知的好奇心を満たしたいのだろう。何事においても全力なのだ、彼女は。

「ふたりにバレてしまった、と仰《おつしや》っていましたが……アナタほどの方が、魔力を感知されるようなヘマをしますか？　まあ、ジャックに『悪人除け』とやらを持ち去られたのは誤算としても、こういった有事の際に動ける人員を確保するため、ワザとふたりを巻きこんだのでは？」

「……さて、それはどうだろうねえ？」

「フフ……フハハハハ！　やはり食えないお方だ、アナタは！」

バシンッ！　とユリウスの背を叩いて、メレオレオナは再び豪快に笑った……その時。

「プギィ！　プギィー！」

グラムがすごい勢いでこちらへと駆けてきて、メレオレオナの足元にタックルをする。

何度も。何度も。

先ほどまで怖がっていたはずの相手に対して、小さな身体をぶつけ続けたのだ。

「ど、どうしたんだい、グラム？　そんなに興奮して……」

ユリウスはグラムを抱き上げるが、彼はなおもメレオレオナに向けて威嚇《いかく》をしている。

「確かにこのお姉ちゃんは野人と呼ばれているし、私も『なんで部下を相手にこんな気を遣《つか》うんだろう』と思ってしまうことが多々あるけれど、敵ではないよ」

「なにか引っかかる言い方ですが……おそらく、さきほど私が魔法帝を叩いたのを見て、私がアナタのことを苛《いじ》めていると思ったのでしょう」

「え……」

そう言ってグラムを見る。彼はユリウスの胸に顔を押しつけながら、

「プギュル、プギュル……」

「…………っ！」

――確かこの鳴き方は、フレイムボアの子どもが、親に甘えるときの鳴き声だ。

それをユリウスに向けるということは……。

「は、はは……そりゃないよ、グラム。いままでさんざん、私に嚙みついたりしていたのに……」

メレオレオナから、そしてこちらへ駆けつけてきたユノとベルから顔を背《そむ》けながら、ユリウスは言う。メレオレオナは少し意外そうな顔をしながら、

「ほう。嚙みつかれるとは、本当に懐かれましたな……嚙みつきはフレイムボアの幼体の愛着行動のひとつですよ。嚙んだ相手のことを、親のように思っている証左《しょうさ》です」

それを聞いた一同は唖然《あぜん》として、ベルが代表するように口を開いた。

「え、じゃあなに……グラムは最初から、魔法帝のことをパパだと思ってたってこと？」

「……グラム」

グラムの名を呼ぶと、彼はそれに答えるようにして、再び親に甘える鳴き声を発する。

「…………っ」

――グラムと過ごした日々が。

気持ちよさそうに水浴びをしている姿が。かわいらしい寝顔が。おいしそうに餌を食べている様子が。ユリウスの元へ走り寄ってくる、元気な姿が。

楽しかった思い出が、次々と思い出されて……。

この子とずっと一緒にいたい、と。ユリウスはそう思った。

……しかし。

「……よくないね。野生の動物はあまり人間と長くいると、その時の記憶が必要以上に残ってしまって、野生へ帰れなくなってしまう……これ以上一緒にいるのはやはりよくない」

その言葉に、ユノは無意識に軽く拳を握り、ベルは涙目になりながら下を向いた。

途中から参加したふたりでもこんなにやりきれないのだ。ユリウスはきっと、もっと……。

「……でもね、グラム」

ユリウスはしかし、一度だけ目をぬぐうと、いつも通りの調子でグラムに笑いかけた。

「パパは君と一緒にいたことを、ずっと忘れないよ。そして、君を本当の子どものように思っている……離れ離れになっても、それはずっと変わらないからね」

そうしてから、グラムのことを優しく抱きしめて、穏やかに告げる。

「グラム、大好きだよ。私を君のパパにしてくれて……ありがとう」

「プギュル、プギュル……」


「さて、それでは参りますか！」

そんな感動的な雰囲気をぶち壊すかのように、メレオレオナはガツンッ！ と拳と拳を打ち合わせた。その好戦的な様子に、ユノは嫌な予感を覚えながら問いかける。

「行くって……どこにですか？ べつにいますぐグラムを野生に返すわけじゃないですよ」

「莫迦者《ばかもの》！ 子育てスポットはいくつもあるのだぞ。どこがそいつにとって最適な環境かを調べるために、これから皆で下見をしに行くのだ！」

彼女は白目を剝《む》きながら、ニヤァ、と獰猛《どうもう》な笑《え》みを浮かべて、

「なかには強魔《ごうま》地帯や魔宮《ダンジョン》を抜けた先にしかない場所もある。皆で楽しく攻略しようではないか！ フハハ、素晴らしいな！ パワースポット巡《めぐ》りをしながら、修業の成果を活《い》かせる

ぞ！」

「すみません急用を思い出したので帰ります」

ユノとベルは亜音速《あおんそく》でその場を後にしようとしたが、ダメだった。メレオレオナが瞬時に創成した、ライオンの手のような形状をした炎に頭を摑まれ、拉致《らち》されたのだ。

「だ、誰かぁ、誰か助けて！　誘拐よ！　精霊と人間が猛獣に連れ去られそうになってるわ！」

「魔法帝からもなにか言ってください！　さすがにこの状況はありえねぇ！」

ベルは今度こそ泣きながら喚《わめ》き散《ち》らし、ユノは柄《がら》にもなく大声で嘆願《たんがん》する。

実際、この状況でメレオレオナを止める権限を持つのは彼しかいないのだが……。

「……えーっと。ごめん、ふたりとも」

ユリウスはグラムを大事そうに抱っこしながら、非常に気まずそうな表情で、言った。

「た、確かに、この子を見ず知らずの土地に置いてくるのは不安だから……もう少し、つき合ってくれない、かな？」

「「…………えええええ…………」」

――魔法帝、ユリウス・ノヴァクロノ。

クローバー王国の英雄で、全魔法騎士団の、全国民の憧れで……。

「ね、グラム♪　グラムもみんな一緒のほうがいいよね？」

「プギュ、プギュー♪」

……お人よしで、子煩悩《こぼんのう》で、人に迷惑をかけることも、まああある。

そんなどこにでもいるオジサンのような、普通の一面も持ち合わせている存在――。

ユリウスとは、そういう人物なのだ。

三《さん》章《しょう》✿こじらせ女子《じょし》は黄昏《たそが》れない

三《み》つ葉《ば》の日。

三つ葉の葉に込められた意味にちなんで、誠実、愛、希望のいずれかを与えてくれる人に、日ごろの感謝を込めてプレゼントを渡す、年に一度の特別な日のことだ。

今日はその当日で、どこの町の町民たちも、誰になにをあげるかの話題で盛りあがり、市場の商人たちはいつもより気合を入れて客を呼びこんでいる。

町全体が……いや、国全体が活気《かっき》づく一日なのだ。

しかし、そんななか、

「う〰〰〰〰〰〰〰〰〰〰〰〰〰〰〰〰〰〰〰〰〰〰〰〰〰〰〰ん」

昼前。王都《おうと》にある繁華《はんか》街《がい》の一角で、ベルは地鳴《じな》りのようなうめき声を漏《も》らしていた。

ユノにあげるプレゼントが、なかなか決まらないのだ。

本当はもっと早く用意しておきたかったのだが、つい先日までグラムの面倒《めんどう》を見ていたり、メレオレオナによるパワースポット巡《めぐ》り──とは名ばかりの強制魔宮《ダンジョン》攻略ツアー。及び拉《ら》致《ち》監禁──につき合わされたり、それ以外の時間も、選抜試験に向けての修業をしたりしていたので、ひとりで街《まち》に出る暇《ひま》がなかったのだ。

今日になってやっと時間ができたので、前々から貯《た》めていたお小遣《こづか》いを持って繁華街へと来たのだが……なにを買ってよいのか、いまいちわからない。

「……あら？　アナタ、ユノについている風《かぜ》の精霊《せいれい》の、ベルとかいう……」

悩みながら服屋のショーケースを眺《なが》めていると、横からそんな声をかけられる。見てみると、大きな黒縁眼鏡《くろぶちめがね》をかけ、長くてきれいな銀髪をストレートヘアにした女の子がいた。

どこかで見たことがある顔のような気もする……と、ベルが思い出そうとしていると、銀髪の少女は『ハッ！』となにかを思い出したような顔をして、踵《きびす》を返しながら言った。

「ご、ごめんなさい。人違いだったわ！」

「いや、人違いってないし、このサイズ感で人違いって……あっ！」

その顔を思い出したベルは、彼女の前へと回りこみ『えいっ！』と眼鏡を取り上げた。

「あ、ちょっと、返しなさ……！」

「……やっぱり！　アナタこの前の、メレオレオナの温泉合宿にいたわよね？」

ベルは基本、ユノと自分のこと以外興味がないので、ほかの人間の顔や名前はあまり覚えない。しかしこの少女は、ベルにとっての憎きライバル……アスタとかいうやつと一緒にいることが多かったので、少しだけ印象に残っているのだ。彼女の名は、確か……。

「ノエル……とか呼ばれてたっけ？　あの時とは髪型違うけど、アナタ、ノエルよね？」

「!!」

ベルに名を呼ばれると、銀髪の少女——ノエルは、あからさまに動揺した様子《ようす》で口をパクパクとさせてから、耳まで真っ赤《まか》にしながら、叫ぶ。

「ちち、ち、違うわよっ！　私はべつに……ア、アスタのためにプレゼントを買いに来たわけじゃないんだからねっ!!」

「まだなにも言ってないわよ」

「た、ただその、自分の買い物のついでに……ちょっと、見てみようかなって思っただけで、そそ、それが目的で来たわけじゃないんだからね!!　変な言いがかりつけないでよね！」

「だから、まだなにも言ってないわよ」

「……ッハ！」

そこでノエルは、我に返ったように周囲を見回す。通行人たちは足を止め、驚いた様子でこちらを見ていた。こんな街中《まちなか》であれだけの大声を出したのだから、当然の反応だろう。

そんななか、ベルは気まずそうにほっぺたを掻《か》きながら、

「……えっと、と、とりあえず、この場所から離れよっか？」

珍しく空気を読んで、そう言ったのだった。

「ほ、本当だからね！　あくまで義理であげるだけなの！　ボランティアみたいなものよ！」

「も～、わかったわよ。しつこいわねぇ」

その後、街を歩きながら、ベルとノエルはそんな会話をしていた。

『黒の暴牛』の団員、ノエル・シルヴァ。

彼女は自分の失態を呪《のろ》っていた。

今日ノエルは、お忍びでアスタへのプレゼントを買いに来たのだ。わざわざ軽い変装までして、朝早くからこのあたりをウロウロしていたのだが、意外な人物――ベルがいたものだから、ついつい話しかけてしまった。そして正体がバレてしまったことでテンパり、ここに来た目的までも暴露してしまったのだ。

「それと、今日のことは、誰にも言わないでよね……」

そして今、ベルに口止め……もとい、誤解を解《と》くために、彼女と歩いているのだった。

ベルは『はいはい』とため息交《ま》じりに言ってから、少し呆《あき》れたように告げる。

「……っていうか、大事な人になにかあげるのって、そんな恥ずかしいことじゃないって思うわよ？　むしろ素敵《すてき》なことじゃない」

「べ、べつに大事じゃないわよ、あんなヤツ！」

「思ったより面倒《めんどう》くさいわね……じゃあ言い方を変えるけど、アナタがプレゼントをあげようと思っている相手が、アナタにプレゼントをしてるところを想像してみなさいよ」

言われて、ノエルは想像してみる。アイツが——アスタがノエルのために一生懸命プレゼントを選んでくれている姿を。そしてそれを自分に渡しながら、いつものように無邪気《むじゃき》に笑って『いつもありがとな、ノエル！』と、肩を抱き寄せてくれているところを……。

——とたん、とろけるような幸せでお腹《なか》がいっぱいになって、自然と表情が綻《ほころ》んでいった。

「ほら見なさい、めちゃくちゃ嬉《うれ》しいでしょ」

「……べ、べつに、え、えへへ。全然、嬉しくなんてないわよ！」

「笑いながら怒ってるわよアナタ……とにかく！」

ズイッ！　ベルはノエルの鼻先に詰め寄りながら、眉《まゆ》を八の字にして言った。

「プレゼントっていうのは、その人のことを考えながら、その人の喜びそうなものを一生懸命に選ぶものなの！　だからもらって嬉しいのよ！　その時間も含めてプレゼントなの！　なのにそんなコソコソ買ってたら、あげる人に失礼でしょっ！」

「あ、あんまり正論言わないでよ！　なにも言い返せなくなるでしょ！」

「なに別れ際《ぎわ》の彼女みたいなこと言ってんのよ！　それ言いだしたらもう終わりよ！」

と、ふたりのやりとりが口論じみてきた、その時、バターンッ！

ふたりの背後で音がして、周囲の人々がざわつき始める。ベルとノエルも振り返ってみると、ハシバミ色の髪の美女が、仰向《あおむ》けで倒れている姿が目に入った。

「ちょ、ちょっとアナタ、大丈夫⁉」

ノエルはすかさず彼女に向けて駆け寄り、その身体《からだ》を抱き起こして……。

「……え？」

と、声をあげる。ベレー帽をかぶっているし、口元を隠すかのようにストールを巻いているので、一瞬気づくのが遅くなったが、この美女は……。

「……シャーロット、団長？」


「ほ、本当にもう、歩いて大丈夫なんですか？」

「……ああ。大事ない。買い物の途中、少しめまいがしてしまっただけだ。すまないな」

「も～、気をつけてよね。何事かと思ったじゃない」

その後、街を歩きながら、ノエルとシャーロット、そしてベルはそんな会話をしていた。

『碧《あお》の野《の》薔薇《ばら》』団団長、シャーロット・ローズレイ。

彼女は自分の失態を呪《のろ》っていた。

今日シャーロットは軽い変装をし、お忍《しの》びでヤミへのプレゼントを買いに来たのだが、その最中にベルとノエルが歩いているのを見つけた。プレゼントを買いに来た様子だったので、自分が買う物の参考にするため、後をついて歩いていたのだが……それが失敗だった。

先ほどのベルとノエルのやりとり——プレゼントを渡そうとしている相手に、プレゼントを渡されているところを想像する、という話を立ち聞きしてしまったのだ。

そして、想像してしまった。

ヤツが……ヤミがシャーロットのために一生懸命プレゼントを選んでくれている姿を。

『強《つ》えーオマエも好きだけど、かわいいオマエも悪かねえぜ？』的なことを言いながら、ネックレス的ななにかを、自分の首に巻いてくれているところを……。

——とたん、頭に血が上って、気がついたらその場にぶっ倒れていたのだ。

「……ほかの団員に心配をかけるのも悪いから、このことは誰にも言わないでおいてくれないか……つ、ついでに、今日私がここにいたことも……」

そしていま現在、どさくさに紛《まぎ》れて口止め……もとい、周《まわ》りに心配をかけないためのお願いをしながら、こうして彼女らと歩いているのだった。

ベルは気を取り直すように手を打って、ふたりに向けて明るい声で言った。

「ま、ちょうどいいわ！　このまま三人で買い物しちゃいましょうよ！」

「「……え」」

唐突《とうとつ》なその提案に、ふたりは目を丸くしながら声をあげた。

いや、唐突というわけでもないかもしれない。顔見知り同士が街で会ったのだから、むしろ自然な流れだろう。それに誰かと相談しながら買い物ができるのは、正直ありがたい。

だがしかし……と、ノエルとシャーロットは考える。

（ここで提案に乗ると、なんか、プレゼントを買うことに積極的みたいじゃない……！）

（あくまでも『しかたないから買う』というポジションを保《たも》ちたいのだが……！）

こじらせ女子は、なにかと面倒くさいのだ。

しかしそこで、ベルの口から魔法の一言が放たれた。

「私もユノへのプレゼントを買いに来たんだけど、なかなかいいのが決まらなくて困ってたのよ。だからみんなで相談しながら、一緒になにを買うか決めましょう！」

「「!!」」

その言葉に、ふたりは内心でニヤリとして、しかしそれを表に出さないように努《つと》めつつ、まずはノエルが口を開いた。

「ハァ……しかたないわねぇ～。そこまで言うんだったら、つき合ってあげるわよ」

「そんな言い方をされたら、断《ことわ》れんしなぁ……あ、あぁ、そうだぁ！　そういえば先日の星《せい》果祭《かさい》で、ヤミに小さな借りができたところだった！　そのままにしておくのも寝覚《ねざ》めが悪いから、なにか買ってやるとしよう……はは、ついでだしな。よしそうしよう」

ノエルに続き、シャーロットも『やれやれ』といった様子で、そしてどさくさに紛れていろいろつけ足《た》しつつ賛同の意を示した。

知り合いがプレゼントを買いたいというので、しかたないからつき合って『あげる』。

（そのスタンスなら、まあ、悪くはない……！）

こじらせ女子は、なにかと面倒くさいのだ。

そんな、面倒な事情は知らず──というか、そもそも他人のことにあまり興味がないので──、ベルは『じゃあ決まりね！』とノエルの肩へとちょこんと腰かけた。

「あーよかった。ずっと飛んでるのってダルいのよねぇ。私ひとりだと目立つしさあ」

「……それが目的だったんじゃないでしょうね」

ちょっと小憎《こにく》たらしくてかわいいけども……と思いつつ、ノエルはシャーロットに訊《たず》ねる。

「まあいいわ……それで、最初はどこに行きますか？」

「中央通りでよいのではないか？　あそこならだいたいの物は売っているだろう」

シャーロットはそう答え、ノエルとともに歩きだそうとした──その時。

「……あれ、姐《ねえ》さん？　姐さんじゃないっスか？」

「!!」

シャーロットにとって、非常に聞きなじみのある声に、背後から呼び止められた。

ぎぎぎ、と、だいぶ不自然な動きで振り返ると、そこには……。

「やっぱ姐さんだ！　しかも私服……貴重な私服姿じゃないスか！　ごちそうさまですっ！」

『碧の野薔薇』団団員、ソル・マロン。

シャーロットの側近《そっきん》ともいえる人物が、数人の団員を従えて、そこに立っていたのだった。

「お、おお……ソル……こんなところで、奇遇だな」

と、一応は威厳《いげん》を保って挨拶《あいさつ》を返しつつも、シャーロットはこんなことを思っていた。

（……マ、マズい。男にプレゼントを渡すなんてことが、コイツらに知られたら……！）

『碧の野薔薇』団は男嫌《ぎら》いの集団で、シャーロットはそのトップに君臨する存在だ。男にプレゼントを渡すなどと知れたら、マジでなにを言われるかわかったものではない。

絶対にバレるわけにはいかない……と、内心で激しくうろたえるシャーロットとは対照的に、ソルはあっけらかんとした様子でこちらへとやってきた。

「お、ノエルに……風の精霊さんまでいるのか！　珍しいメンツっすね～」

「……それで、オマエたちは、なぜ、ここへ？」

シャーロットは思わず話の脈絡《みゃくらく》を無視して訊ねてしまった。彼女に……というか『碧の野薔薇』団の団員に、この近くを訪れる任務は入っていないはずだ。なのに、なぜ……？

「この近くで、『原罪《げんざい》』の目撃情報が出たんですって。だからその聞きこみに来たっす」

『原罪』め！　こんな形でも迷惑をかけてくるとは、やはり、相当危険な魔導具《まどうぐ》のようだ。

そんな八つ当たりじみた思考をしていると、ソルがニコニコしながら首を傾《かし》げて、

「ところで、姐さんたちはなにをしに……」

と、ソルが言い終える前に、だいぶテンパった様子でノエルが口を開いた。

「わ、私たちは今日、ベルの買い物につき合ってあげてるのよ！」

その回答に、シャーロットもヘッドバンギングのような勢いで首を縦《たて》にぶんぶん振る。

……そうだった。動揺《どうよう》していて気づくのが遅くなったが、焦《あせ》る必要などなかったのだ。自分たちはいま、そんな都合《つごう》のよい言《い》い訳《わけ》が使えるのだ。

——が、安全圏にいられたのも、ほんの一瞬だけだった。

さらにテンパったノエルが、こんなことを宣言してしまったからだ。

「わ、私とシャーロット団長も、その、プ、プレゼントをあげるわけだけど、それは本当に……つ、ついでにあげるだけなんだからね！」

（おいいいいいイイイイィィィィイイッ!!）

心の中で絶叫《ぜっきょう》をあげながら、シャーロットは全力でノエルを睨《にら》むが、すでに遅い。

「「「「…………プレゼント……？」」」」

ノエルの言葉を聞いた瞬間、ソルの……そして、その背後にいる『碧の野薔薇』団の団員たちの目が、鋭《するど》く細められていった。

そしてダメ押しとばかりに、ベルが空気を読まずにこんな発言を投下《とうか》する。

「そうよ。みんなで大事な人へのプレゼントを買いに行くの。えへへ、すごいでしょ～？」

（オマエをすごいことにしてやろうかあああぁァァァァァッ⁉）

という思いを込めてシャーロットはベルを睨みつけるが、やはり意味はない。団員たちの細められた目が、刃《やいば》のようにギラリと輝いただけだ。

「「「「…………大事な……人……？」」」」

「ち、違うぞ、オマエたち……話はきちんと、最後まで聞け……」

団員たちをなだめつつ、シャーロットは頭をフル回転して言い訳を構築していく。

「……聞きますよ。聞きます。姐さんの言うことだったら、なんでも聞きますとも……」

しかし良い考えが浮かぶ前に、ゆらり、とソルがシャーロットへ詰め寄り、光彩《こうさい》が消え失《う》せた目を見開きながら、ダランと首を傾げ、しゃがれ声で問いかけてきた。

「……だから、聞かせてくださいよ――姐さんの、プレゼントを渡す相手って……大事な人って……誰、なんですか？」

まるで悪霊《あくりょう》のような物言いだ。解答を誤《あやま》ったら一生……いや、来世まで後ろをついてきて『姐さん……ずっと、ずっと一緒っすよ……』とか言ってきそうな勢いですらある。

かといって良い回答は浮かばない。なにをどう伝えれば、この難局を乗りきれるのか……。

（……『大事な人』……そうかっ！）

追い詰められたシャーロットはしかし、その言葉の中に打開の糸口を見つけ、口を開いた。

「……やれやれ。バレてしまってはしかたがないな」

フッ、と息を吐きながら、シャーロットはソルに、そして、団員ひとりひとりにしっかりと目を合わせ、静かに笑いながら言った。

「大事な人とは……オマエたち『碧の野薔薇』団の団員、全員のことだ」

「「「「…………!!」」」」

キュン――と、団員ひとりひとりの頭の中に、恋に落ちる音が響き渡って、一面に広がるお花畑の幻《まぼろし》が現れた。シャーロットはさらに続ける。

「星の取得数の順位が、去年よりひとつ上がっただろう？　これもオマエたちの日頃の努力の賜物《たまもの》だ。だからこっそりとプレゼントを用意するつもりだったが……バレてしまったな」

「ああ……あ……ああ！　ね、姐さん……姐さん姐さん姐さん!!」

ソルは滂沱《ぼうだ》の涙を流しながら、ヨロヨロとその場にへたりこんだ。

「こんな団員思いの素晴《すば》らしい方を一瞬でも疑っちまうなんて、私のバカヤロオォォッ！」

ガンガンガンッ！　と、ソルは石畳《いしだたみ》に額《ひたい》をぶつけ始めた。周囲の人々はビクリとのけぞり、小さな子どもを連れた母親たちは、そっと子どもの目をふさいで歩き去っていく。

「よいのだ、ソル。私のほうこそ紛《まぎ》らわしいことをしてすまなかった。あとそれやめろ」

すごく怖《こわ》いから……と言ってソルを起こしてから、シャーロットは声高らかに宣言する。

「『碧の野薔薇』団は高潔《こうけつ》なる女性で編成された、誉《ほま》れ高き騎士団だ！　野卑《やひ》で下劣《げれつ》な男どもが率《ひき》いる騎士団などに後《おく》れをとらぬよう、今後ともその職務に励《はげ》むように！　いいな!?」

「「「「はい!!」」」」

「うむ。では行け！」

その言葉に送り出されて、彼女らは気合を七割増しにした様子で歩き去っていった。

その後ろ姿が群衆に紛れていくのを見届けてから、シャーロットはぎゅっと胸を押さえた。

……勢いでなんとかきり抜けたものの、彼女らをだましたようで、ものすごく心が痛い。

ついでに、数十人分のプレゼントを買うことになった懐《ふところ》も、けっこう痛い。

そんなことを思っていると、ノエルとベルが驚いた様子でシャーロットに話しかける。

「すごいですね、シャーロット団長……ヤミ団長にもプレゼントをあげるのに、自分の団の団員全員にもプレゼントをあげるんですか？」

「やっぱ団長は太《ふと》っ腹《ぱら》ね〜。でも本当に大丈夫なの？　お金なくなっちゃうんじゃない？」

オマエらのせいでな！　とはもちろん言えず『たまにはな』と適当な言葉を返しておいた。

実際、隠し事をしているのは自分なのだ。彼女らは悪くない。天然だが悪くないのだ。

……とはいえ、たった数人の知り合いに会うだけでもこの騒ぎだ。ほかにもトラブルの種がありそうな気もする。タダですまない買い物になりそうだが……。

「……ともかく、行こうか。時間は限られているぞ」

波乱の幕開けとはなったものの、騎士団女子たちのプレゼント選びが始まった。


そのまま三人は、繁華街の中心を貫《つらぬ》く大きな通りへとやってきていた。

通りの左右には大小様々《さまざま》な店舗が軒《のき》を連《つら》ね、多種多様な品々を商品として陳列《ちんれつ》している。

この場所であれば、なにか気に入った物が目に触れるのではないか、という考えの元、三人はこの通りを端《はし》から歩いていくことに決めたのだった。

そうして歩きだした矢先、ベルは再《ふたた》び『う〜〜ん』とうなりながらノエルに言う。

「……改めてだけど、やっぱりこんなにたくさん候補があると、目移りしちゃうわよね」

「それはもう、ある程度絞《しぼ》りこんでいくしかないわよ。ユノに似合いそうな物をピックアップしていくとか」

「う〜ん、でも……」

ベルは通りを行《い》き交《か》う人々に視線を向けてから、まっすぐな瞳《ひとみ》でノエルを見て、

「うちのユノは、そこらの男と比《くら》べものにならないイケメンで、スタイルだって抜群《ばつぐん》にいいから、なんでも着こなせるし、どんなアクセサリーも似合っちゃうのよね」

「あんまりはっきりと言わないほうがいいのよ、そういうことは」

精霊の世界には『謙遜《けんきょ》』という概念が存在しないのだろうか。

「……似合うか似合わないかで判断ができないのなら、使用頻度《ひんど》で選んでみたらどうだ？」

シャーロットはそう言って、手近にあった服屋へと歩いていった。

そのまま店頭に平積《ひらづ》みされている服を漁《あさ》りながら、やや顔を赤くして話を続ける。

「例《たと》えば……ヤミは同じようなタンクトップを毎日着まわしているだろう？　それと似たような服であれば、いくらあっても困らないと思うのだ」

その意見に、ベルはやや口をとがらせて、

「それだと面白《おもしろ》みがないわ。自分で買うのと変わらないじゃない」

「だから、自分では選ばないようなデザインの物や、ワンランク上の素材を使った物を選ぶのだ。それならよそ行きのときや、少し気分を変えたいときにでも着られるだろう？」

「なるほど……」

と、ノエルは素直に感心しながら頷《うなず》いた。さすがは年長者、そして騎士団長だ。言っていることは特別なことではないのかもしれないが、それをすぐに思いついて、実行に移せてしまうところがカッコいい。きっとセンスも良いのだろう。

やがてシャーロットは、選び取った一枚の服を持ちながら振り返った。

「自分では選ばなそうな物……そして、少し高価な素材の物だと、このあたりだろうな」

そう言って、ふたりの前へと差し出したのは……。

「「………………」」

黒いドクロがびっしりと描かれた、ものすごく趣味の悪いタンクトップだった。

襟《えり》と袖《そで》に沿うようにして赤い鋲《スタッズ》が打ちこまれていて、ところどころに金色のチェーンまでくっついている。

「このあたりが妥当《だとう》なラインだと思うのだが……どう思う？」

そのタンクトップ（？）を差し出しながら、シャーロットはなぜかドヤ顔で感想を求めてきたので、ベルとノエルは極《きわ》めて正直に答えた。

「ゲロダサいわ」

「恋人がそれを着てたら、別れます」

「そうか。まあ、我ながら良い物を選んだと……ふえっ⁉　そ、え、ダ、ダメなのか⁉」

シャーロットはふたりの回答が信じられないといったような反応を示し、ベルはそれ以上にびっくりしたように叱責《しっせき》する。

「ダメに決まってるでしょ！　よくそれを自信満々に持ってこられたわね！『自分では買わないし高価な物』じゃなくて、『誰も買わないし無駄《むだ》に高価な物』でしょ、それは！」

「え、でも……カ、カッコよくないか⁉　鎖《くさり》がついているのだぞ！」

「だからなによ⁉　っていうか、だからダメなのよ！　機能的にもデザイン的にも！」

「いや、でも……ドクロだし……」

「こんだけやらかしといて『でもドクロだから買おうかしら』とはならないでしょ！　ドクロにどんだけのポテンシャルがあると思ってんのよっ！」

――シャーロット・ローズレイ（二十七歳）。

彼女はこの年まで、異性にプレゼントをしたことがなかった。

幼《おさな》き日に父親になにかをあげた記憶ならあるが、肉親を異性とするかは微妙だし、そもそも最後にプレゼントをあげたのは十歳前後の話だ。

つまり彼女のプレゼントのセンスは、その年齢で止まっていた。

だからその当時、周りの男子がカッコいいと言っていた『ドクロ』とか『鎖』とかのワードをつなぎ合わせていった結果、こんな大事故へと繋《つな》がったのだった。

そんな事情など知る由《よし》もなく、ベルは『はあ〜』とため息をついて、

「しっかりしてよねえ。言っておくけど私はもう、メインであげる物は用意してあるのよ。今日買いに来たのは、プラスα《アルファ》のちょっとした物だけなんだからね！」

「……え、ベル。もうメインのプレゼントは買ってあるの？」

ノエルは意外そうに問いかけた。ベルは『当たり前よ！』と胸を張って頷き、シャーロットは少し悲しそうにタンクトップを戻してから嘆息《たんそく》する。

「……そうならそうと早く言ってくれ。それを参考に話ができたではないか」

「で、なにを買ったのよ？」

そう訊ねるノエルに、ベルは少しもったいぶるように間をためてから、ドヤ顔で言った。

「買ったっていうか、書いたのよ……私がユノのために考えたポエムを、四十篇《ぺん》くらいね！」

（（……………うわぁ））

と、ドン引きするふたりには気づかず、ベルは大げさな身振り手振りを交《まじ》えながら、舞台役者のように語り始める。

「私が普段《ふだん》、いかにユノのことを思っているか、いかに愛しているか、どんなところが好きなのか……四十篇くらいじゃ全然足《た》りなかったけど、日ごろの私の愛を綴《つづ》ったものを用意したのよ！　フフ、ごめんなさいね！　あまりにも凄《すご》すぎて、参考にならないわよね！」

シャーロットとノエルは食い気味《ぎみ》に言った。

「そんな危険物を所持しておきながら、よくも私のセンスを笑えたものだな」

「すぐに破り捨てたほうがいいと思うわ」

「はあぁッ⁉」

ベルはブチギレたような声を出すが、ノエルもヤンキーのように首を傾げながら応戦する。

「『はあぁ⁉』じゃないわよ！　手紙ならまだわからなくはないけど、ポエムって……そんなの貰《もら》ったって、どう取《と》り扱《あつか》っていいかわからないでしょ⁉　怖いだけよ！」

「失礼ね！　それを読むたびに、私の愛を感じ取れるでしょ！」

「だからその発想が怖いって言ってるのよ！　ほとんどストーカー……いえ、ストーカーだって『いや、さすがにそれはないです』って言うわよ！」

「でも、ちゃんと製本してあるのよ！　帯までつけたんだから！」

「『でも』じゃないでしょ！『挙句《あげく》の果《は》てに』でしょ！　って、ていうか、なによそれ！　いよいよヤバい人になってきたじゃない！」

――風の精霊、ベル（年齢不詳）。

彼女はユノのことが大好きだが、自分のことも大好きなのだ。

自分の発言が好き。自分の行動も好き。そして自分が書いたものも大好き。

基本、自分から生み出されるものは、良いものだと思っている。

だから自分が書いた詩集も、もちろん良いものなのだ。貰ったら嬉しいに決まっている。

そんな歪《ゆが》んだ愛が、今回の凶行《きょうこう》に及んだ理由だったと、のちに供述で明らかになっている。

「う、うぅ～っ!!　そこまで言うんだったら、アナタがなにをプレゼントするつもりなのか、聞かせてもらおうじゃないっ！」

涙目になって反論するベルに、ノエルは、スチャ、と眼鏡を押しあげながら答えた。

「私はもう、ここに来た時からピンと来てたわ……アレよ」

自信満々で指し示す先には、魔導書《グリモワール》を持った猫のぬいぐるみが、店頭に飾ってある店——魔導書《グリモワール》を入れておく『ブックポーチ』の専門店があった。

……その手があったか、と、ベルとシャーロットは内心で手を打った。

ブックポーチは頑丈《がんじょう》な素材で作られてはいるものの、魔法攻撃にさらされて傷ついたり、壊れたりすることもあるため、予備としていくつか持っている団員も少なくない。その反面で、ずぼらな男性は使っている物が壊《こわ》れるまで新調しないことが多いのだ。

つまり、先ほどのシャーロットの話の通り、複数あっても無駄にはならないし、自分ではなかなか買わない物なのだ。ついでに言えば、奇抜《きばつ》なデザインの物も少ないので、先ほどのタンクトップのような事件が起こることもないだろう。

「なるほど……ノエル、なかなかやるじゃないか」

シャーロットは思わずそう言っていた。ベルもそこに目をつけたセンスは認めざるを得ないらしく、『ま、まあ、悪くないわね……』と不本意ながらも納得している様子だ。

ノエルはファサッ、と肩にかかった銀髪をはじきつつ、

「そうでしょう。あれなら一点物だし、絶対に喜んでくれると思うわ」

告げながら、ブックポーチ専門店へと歩いていって……なぜか中には入らず、店の前で足を止める。そして、店の前に客引き用として飾ってある、体長二メートルほどの猫のぬいぐるみをモフモフと触《さわ》りつつ、勝《か》ち誇《ほこ》ったふうに言う。

「でもこれは、私がアスタにあげるんだからね！　ふたりは違うのを探すことね！」

「それはおそらく売り物ではないぞっ！　え、そっちのことを言っていたのか⁉」

すかさずシャーロットがツッコむが、ノエルはキョロキョロと周囲を見回しながら、

「え……そうですけど……これ以外、なにがあるって言うんですか？」

「いろいろあると思うぞ！　むしろ、これだけいろいろある中で、なぜそこにいくのだっ！　どう考えたって邪魔《じゃま》だろう！　そのサイズ感！」

「そ、そういうところが小憎たらしくてかわいいんじゃないですかっ！」

――ノエル・シルヴァ（十五歳）。

彼女はシンプルに、ちょっとセンスが独特な時があるのだ。

「いや、知らん！　それに関してはもう、知らんとしか言いようがない！」

そうとは知らず、シャーロットはキャラにもなく全力でツッコミを入れて……。

そして、三人同時にあることに気づく。

この三人は、ヤバい。

三人が三人とも、なんとなく自分のセンスがズレていることを自覚していた。

だからこそみんなで買い物をし、そのズレを矯正《きょうせい》しようと思っていたのだが……。

まさか全員、こんな大幅にセンスがバグっているとは思わなかった。

ツッコむ側もツッコまれる側もズレているのだ。これではなにが正しいのかわからないし、正解に行きつくことなどないだろう。ズレの無限回廊の中を、延々とさまようだけだ。

と、現状の危《あや》うさを認識しつつも、黙ってお互いの顔を見合わせていると……。

「……あ、あの、お客様？　うちのお店に、な、なにか……ご用ですか？」

ブックポーチ屋の中から女性店員が出てきて、だいぶ怯《おび》えた様子で三人に話しかけてきた。

「「「…………!!」」」

三人は一瞬そちらを見てから、再びお互いの顔を見合わせ、小さく頷きあう。

そうして無言で意思の疎通《そつう》を図《はか》ると、店員に歩み寄っていった。

こうなったらもう、最後の手段に頼《たよ》るしかないだろう。

「「……プレゼントを買いに来たんですけど、おススメはどれですか？」」

――店員さんに、相談だ。


「以上、三点お買い上げですね。プレゼント用の包装をしますので、少々お待ちください」

その後、店員に事情を話した一同は、彼女と相談しながら選ぶこと小一時間、無事各々《おのおの》の相手に渡すブックポーチを買うことができたのだった。

なんとかなった……と、シャーロットとノエルは胸をなでおろしたのだが、なぜかベルだけは、どこか浮かない表情をしてノエルの肩に座っている。

店内に備《そな》えつけられたベンチに腰かけつつ、ノエルはベルに話を振った。

「……どうしたのよ、ベル。まだなにか気になることでもあるの？」

「……気になるってほどでもないんだけど……なんていうか、大事な人にあげるプレゼントなのに、こんなあっさり決まっちゃっていいのかな……って思って」

「……よいのではないか？　あっさりといっても、それなりに時間はかけたし、三人で懸命《けんめい》に選んだ物だ……だ、大事な人にあげても、恥ずかしい物ではないと思うぞ」

シャーロットもベンチに腰かけてくる。なにやら後半部分の歯ぎれが悪かった気もするのだが、それにも気づいていない様子で、ベルは伏《ふ》し目《め》がちに言葉を返した。

「恥ずかしい物だなんて思ってないわよ。でも、こういうプレゼントって、こう……もっといっぱいいろんなお店を回って、一生懸命選ぶべきもの、ってイメージがあったからさ」

「そこまでこだわらなくてもよいのではないか？」

「こだわるわよ。だって、私はユノが好きだから一緒にいるんだもの。だから『好き』っていう気持ちを伝えるのに、手を抜くべきじゃないって思うのよ」

「そ、そういうものなのか……」

意外とマジメな一面を見せるベルに、シャーロットはやや驚きながら相槌《あいづち》を打つ。

……それと、素直《すなお》に気持ちを伝えられるその姿勢を、少しうらやましいと思った。

ベルは話を続ける。

「それにさ、ちょっと脱線するかもだけど……私がユノのことが好きで、ユノと一緒にいることを選んだわけだけど……ユノはべつに、好きで私に選ばれたわけじゃないでしょ？」

そこで一瞬、彼女の勝気《かちき》な瞳に、少しだけ怯えのようなものが混じった気がした。

「だから……その、たまに思うの。私のこと、ユノはどう思ってるのかな……って」

「「…………」」

その言葉に、ノエルとシャーロットは思わず黙ってしまう。

「もちろん、戦闘の時には必要としてくれてると思うんだけど……それ以外のときはどうなのかなって……たま～に気になるの。『必要』と『好き』って、けっこう違うし」

続くその言葉にも、やはり沈黙しか返せないが、言っていることはなんとなくわかる。選んだ側と選ばれた側で、気持ちの行き違いが生じているのではないか……と。

そんな不安を、彼女は時々感じているらしい。

傍《はた》から見ればおかしな悩みだろう。魔道士《まどうし》にとって精霊に選ばれることはこの上ない名誉だし、実際、彼女が力を貸すことによって、ユノは素晴らしい活躍を見せているのだ。

しかし、そういうことではない。『四大精霊』としてではなく、ベルという『人格』が受け入れられているかどうかということを、彼女は気にしているのだろう。

だからこそ、ノエルとシャーロットも、どんなふうに声をかけてよいかわからない。普段のユノの様子を知らないふたりが口をはさむのは、あまりにも無責任な気がしたからだ。

そんなしめっぽい空気を察したのか、ベルは少し慌《あわ》てたように手を振って、

「あ、でもべつに、そんな深刻に悩んでるわけじゃないわよ？　こう……私の都合《つごう》で、私とユノは一緒にいることになったわけだから、ありがとうって気持ちを伝える意味でも、なおさら気合入れてプレゼント選ばなきゃ！　って思ってるっていうだけの話よ」

元の調子で言ってから、店内に備えつけられた時計を見やる。まだ昼を過ぎたくらいの時

間だということを確認してから、再びノエルとシャーロットを見て、

「ってわけだから、まだ時間も早いし、私はもうちょっとだけほかのお店を見てみるわ」

そう言ってから、少し恥ずかしそうに、しかしどこか嬉しそうに、言葉をつけ足した。

「今日はいろいろ疲れたけど、誰かと買い物したことなんかなかったから……その、ちょっと、楽しかったわよ……ここまでつき合ってくれて、ありがとね」

「「………」」

その言葉に、ノエルとシャーロットは顔を見合わせて、小さく笑いながら頷きあった。

先ほども思ったように、ふたりはユノとベルの日頃の様子を詳《くわ》しく知らないので、その関係性について有効なアドバイスはできない。

しかし……。

「……ハァ〜。しかたないわね。そういうことなら、もう少しだけつき合ってあげるわよ」

まずはノエルがそう言って、続いてシャーロットも『やれやれ』といった様子で続いた。

「そうだな。しかしその前にランチにしよう。腹《はら》が空《す》いては、良い案も浮かばんだろう」

「え……？」

と、意外そうな顔をするベルに、シャーロットとノエルは力強く笑いながら言った。

「相手を思いやるのは良いことだが、少し頑張《がんば》りすぎだぞ。もう少し誰かを頼ってもよいの

ではないか？　……ま、まあ、あまり良い助言はできないが」

「でも、一緒に考えることならできるわ。ここまで来たら、最後までつき合うわよ」

そう――関係性のアドバイスはできないが、プレゼントを一緒に選ぶことはできる。

同じ視点に立って、同じ悩みを共有することならできるのだ。

『そこまで深刻に悩んでいるわけではない』とベルは言っていたが、少なくともそれを話している時の彼女は、悲しそうな表情をしていた。

だったらやはり、ひとりで思い悩むのは良くない。

ひとりで悩むのが辛《つら》いということは、ノエルもシャーロットもよく知っている。

「……アナタたち」

ベルは呆然《ぼうぜん》としたようにそう言って、一瞬だけ表情を隠《かく》すように下を向いてから、元の勝《か》気《ち》な笑顔を浮かべて、ふたりの顔の前を飛び回った。

「い、言ったわねっ！　足が棒になるまでつき合わせてやるんだから覚悟しときなさい！」

「ちょ、わかったから、顔の前で飛ぶのやめてよ！　鱗粉《りんぷん》が飛ぶでしょ！」

「め、目が痛いっ！　痛いし染《し》みる！　なんなのだ、これは⁉　これも精霊の力か⁉」

そんなやりとりに興《きょう》じる三人のもとへ、紙袋を持った店員が苦笑《くしょう》しながらやってきた。

「お待たせいたしました。こちら商品になります」

「ああ、すまないな」

代表してシャーロットがそれを受け取ると、店員は『それと』と、一枚の紙も渡してきた。

「……よかったらこれ、使ってください」

「「「……おお！」」」

思わず三人で感嘆《かんたん》の声をあげてしまう。渡されたそれは、この近辺の観光用の地図だ。しかも、どこでなにを売っているか、なにがおススメか……などなど、今の自分たちが欲している情報が、ガイドブックのように書き添えてあったのだ。

「すいません。お節介《せっかい》だと思ったんですけど、お話が聞こえてしまったもので……」

「いやいやいや！　全然お節介じゃないわよ！　めちゃくちゃ助かるわ、ありがとう！」

と、ベルは店員の周りを飛び回り、彼女は『お役に立ててうれし……い、痛い！　鱗粉が目に……っていうか、アナタ、なんですか!?　魔導具《まどうぐ》かなにか!?』などと焦《あせ》った様子で言っているが、その間にもノエルとシャーロットは地図を凝視《ぎょうし》していた。

これがあれば、センスがバグっている自分たちでも、良い物を探せるかもしれない。

そんなふうに希望が見えた、その時。

「……っきゃあああぁぁぁっ！」

「うお!?　な、なんだオマエっ！　危ねえじゃねえか!!」

店の外で次々と悲鳴があがって、大通り一帯が徐々に騒然《そうぜん》としていくのがわかった。

——なにかしらのトラブルが、起きてしまったようだ。

「……行くぞ」

そう感じ取るとともに、シャーロットは出口に向かい、ベルとノエルも臨戦態勢《りんせんたいせい》でそれにつき従っていった。そして同時に、心の片隅《かたすみ》でげんなりとした思いになってしまう。

やはり、タダではすまなかったか……と。


「あ、姐さん！　ちょうどいいところに！」

三人が店を出た瞬間、箒《ほうき》に乗ったソルがシャーロットの前で急停止する。彼女の進行方向を見てみると、人ごみの上を箒に乗って逃げる男と、それを追う『碧の野薔薇』団の団員の姿が目に飛びこんできた。シャーロットがソルに問う。

「状況は？」

「それが……『原罪』を所持してたゴロツキの、カルロってやつを見つけたんスけど、拘束《こうそく》する前に逃げられちまって……いまこうやって団員総出で追っかけてます！」

気まずそうに言うソルに、ベルが焦ったような口調で、

「マズいわよ！　持ち主が追い詰められたりすると、『原罪』は暴走を起こすことがあるの！

早く人気《ひとけ》のないところに追いこまないと……こ、こんな市街地で暴走したら大変よ！」

「いや、それはわかってんだけど……」

ソルはやや声を小さくして、悔《くや》しそうな様子で答える。

「……私らこの辺の地理に詳しくねえから、そういう器用なことができねえんだよ」

確かにこの界隈《かいわい》はカップルや家族連れで賑《にぎ》わうところだ。『碧の野薔薇』団の団員には無縁の場所だし、そもそも休日で賑わう繁華街に人気がない場所などないだろう。

どうする……とシャーロットが煩悶《はんもん》していると、ノエルがある物を手渡してきた。

「シャーロット団長、これ！」

渡されたのは、先ほど店員にもらった地図だ。それとノエルの顔を交互に見つつ、シャーロットは困惑《こんわく》する。この状況において、これがいったいなんの役に立つというのか……。

……いや。

「なるほど……！」

ノエルの言いたいことを理解したシャーロットは、ソルに訊ねる。

「ソル、今日は通信用魔導具をいくつ持ってきている？」

「えっと、今日は聞きこみがメインになると思ったんで、六、七班に分かれられるくらいの数は持ってます」

「なら好都合だ。私たちにもひとつ貸してくれ。それと箒も一本貸してくれ」

「いいっスけど……姐さん、なにするつもりなんスか？」

その質問に、シャーロットは地図の真ん中あたりを指《さ》し示《しめ》しながら、

「皆で犯人を追いこみ、この中央広場へ誘いこむぞ。私たちがこの地図を見ながら皆に指示を出す。先に広場に誰か行かせて、人払いをしておいてくれ」

「……なるほど！　さすが姐さんっす！　ここなら広いからケンカになっても……ん？」

そこでソルはなにかに気づいたように、地図に顔を近づける。

『このお店のスイーツはイマドキ女子に大人気！　プレゼントにもおススメです！』

『このお店の店長は最強モテクリエイターです！　相談に乗ってもらえるカモ……』

地図のところどころにある注釈文《ちゆうしやくぶん》を見て、ソルは変な顔をしながらシャーロットを見た。

「ね、姐さん、なんスか？　このへんてこな地図……？」

シャーロットはやや赤い顔をしつつ、すべてを誤魔化《ごまか》すように大声で言った。

「非常事態だ！　すぐに行動を開始しろ！」

「一班と二班は東の大通りに回りこんで道をふさいで！　三班と四班は上空で待機！」

ノエルはシャーロットの運転する箒の後ろに乗り、通信用魔導具に向けて指示を出してい

た。ベルはその肩にしがみつきつつ、次の行動について意見していく。

「犯人が直進すればそのままでいいけど、そこからちょっと行った先の路地に逃げこまれたら厄介《やっかい》ね！　そっちにも人を回しておいたほうがいいと思うわ！」

「そうね……三班と四班はそっちに行ってちょうだい！」

あの後、ソルから借りた箒に乗った三人は、カルロの後ろ姿を追いつつ、ほかの団員を使って犯人の誘導を行い、順調に中央広場に向けて追いこんでいった。

司令塔のような役割を担《にな》っているノエルに、シャーロットはわずかに振り返って言う。

「すごいじゃないか、ノエル。こんな正確に指示が出せるなんて……地図があるとはいえ、普通はこんなにうまく誘導できるものじゃないぞ」

「え、べ、べつに……これくらい、普通です」

朝早くからこの界隈《かいわい》をウロついてましたから……とは言えず、そんなふうに濁《にご》してしまう。

それを照れ隠しと取ったベルは、彼女のほっぺたをぷにぷにと押しながら笑った。

「謙遜《けんそん》しちゃって～。あ、いま通り過ぎたお店、おしゃれな小物で有名らしいわよ！」

「べ、べつに謙遜なんてしてないんだから！　……ちなみにそこ、二千ユール以上の商品を買うと、かわいいポーチが貰《もら》えるって書いてあるわ」

ふたりの会話を聞きつつ、シャーロットは小さく笑いながら前を向いた。

「それは良心的だな……ヤツを捕《と》らえた後、ぜひ行ってみるとしよう」

そんな軽口が叩《たた》けるくらいの余裕が生じたとき、通信用魔導具からソルの声が聞こえた。

『こちらソル！　広場の人払いが完了しました！　いつでもばっちり来いっす‼』

「ご苦労。こちらももうすぐそちらに着く。臨戦態勢をとって待機しておけ」

その後もノエルの巧《たく》みな誘導で、狙《ねら》い通りにカルロは広場に向けて逃走していった。

やがて猛スピードで広場へと入った彼は、動揺したように周囲を見回し、

「な、なんだよ、ここ⁉　誰もいない……⁉」

そこに人気《ひとけ》がないことを不審に感じた様子だったが、すでに遅い。

ノエルは杖《つえ》を構え、広場全域に照準を定めながら念じた。

「水創成魔法《みずそうせいまほう》〝海竜の巣《かいりゅうのす》〟！」

ザバアアァッ！

とたん、広場全体を半球状の水のドームが覆《おお》い、カルロは焦ったように箒を急停止させた。

「諦《あきら》めなさい！　アナタは完全に包囲されてるわよ！」

地面に降り立ちつつ、ノエルはカルロに向けて宣告する。〝海竜の巣《かいりゅうのす》〟は外からの攻撃は防ぐが、中から外に出るのは難儀《なんぎ》しない。つまりこの言葉はブラフなのだが、彼をこの場にとどめるのには十分だろう。心理的にも視覚的にも『閉《と》じこめられた』と錯覚させるのだ。

シャーロットは抜き放った剣の柄《つか》から大量の荊《いばら》を生成し、酷薄《こくはく》な声音《こわね》で告げる。

「いますぐ『原罪』をこちらに渡せ。さもなければ力ずくで奪い取る。好きなほうを選べ」

そこでこちらに合流したソルが、拳《こぶし》を掌《てのひら》に叩きつけながら挑発的に笑う。

「まあ、私と姐さんの愛の力の前じゃあ、なにやったって無駄《むだ》だと思うけどな！」

そんな力はない、とシャーロットが否定しようとしたとき、カルロは悔《くや》しげに歯噛《はが》みをし、

「ちくしょう……なんでこんなに対応が早……ぐっ！　あが、があぁァぁァっ！」

不自然に苦しみだして、全身を痙攣《けいれん》させ始めた。

四人は素早《すばや》く身構えて、シャーロットはベルに向けて訊ねる。

「……あれは、暴走の予兆《よちょう》なのか？」

「そんな気もするけど……なんか、いままでの感じと違うわね……」

ベルがそう答えた直後、カルロはビクンッ！　と、ひときわ大きく身じろぎし、上半身の力が抜けきったようにダランとうなだれてしまった。

しかし、その直後……。

「キシ♪　やっぱダメだなあ。この人間。こんな簡単に追い詰められちゃうなんてさぁ」

ゆっくりと上半身を起こすと、いたずらっぽい笑顔を浮かべながら、そう言った。

「ねえ、君たち誰か、僕の新しい宿主《やどぬし》にならない？　この人間、まあまあ波長《はちょう》が合うし、だ

からこうやって僕が顕現《けんげん》できてるわけだけど、弱いしバカだから困ってたんだよね〜」

顔つきも、口調も、雰囲気も、先ほどまでとは異《こと》なっている。

まるでカルロの身体を借りて、別人格が喋《しゃべ》っているかのような、不気味な様相《ようそう》だった。

シャーロットが剣の柄《つか》を持つ手に力を込めながら言う。

「なんだ……貴様、先ほどからなにを言っている？」

「そ、そーよそーよ！　宿主だとか、顕現だとか、思春期こじらせた男子みたいなこと言っちゃって！　五年くらいしたら恥ずかしい思いするわよ、アンタ！」

野次《やじ》のようなベルの言葉に、カルロは軽く首を回しながら応じた。

「思春期うんぬんはよくわからないけど……ぜんぶ本当のことだよ。僕はいまこの人間の身体を乗っ取って、君たちと話をしているんだ」

彼は懐《ふところ》から真《ま》っ白《しろ》な魔導書《グリモワール》――『原罪』を取り出し、こともなげに告げた。

「君たちが『原罪』と呼ぶこの魔導書《グリモワール》の化身《けしん》……それが僕だよ」

「……え」

と、ノエルが眉《まゆ》をひそめた、その時、

「……伏せろっ‼」

シャーロットが鋭く叫び、ノエルとソルの頭を摑《つか》んで地面へと押しつけた。

直後――。

グォンッ!!

不可視《ふかし》の、そして巨大な質量を持ったなにかが、一同の頭上を通り過ぎる。

一瞬遅れて、背後に置いていた筈が、周囲の石畳ごと粉々《こなごな》に砕《くだ》け散《ち》っていった。

いったい、なにが起こって……!?

ノエルが戦慄《せんりつ》しながらそう思っていると、シャーロットが立ち上がりながら鋭く吠《ほ》える。

「全員、マナスキンを発動して身を守れ！　ヤツはおそらく……不可視化した触手《しょくしゅ》で攻撃してきている！　魔力の感知を怠《おこた》るな！」

その指示に、一同の表情が凍《こお》りついた。

魔力の感知を怠る、と言われても、あんなスピードで攻撃されては、感知できても身体を反応させることができない。あの攻撃を続けられたら防ぎようがないのだ。

「キシ♪　すごいね。一撃でわかっちゃうんだ……君いいね。僕と波長も合いそうだし」

現状の危うさを認識する一同に、カルロ……いや、『原罪』の化身は感心したように、

「ま、いいや。全員半殺しにしてから、誰を宿主にするか、ゆっくり決～めよっと」

見えざる触手を石畳へと打ちつけてから、攻撃を開始した。

「……荊創成魔法《いばらそうせいまほう》〝四肢《しし》裂《ざ》きの棘槍《きょくそう》〟!!」

「土創成魔法《つちそうせいまほう》〝暴《あば》れ地母神《じぼしん》〟!!」

シャーロットは荊で、ソルは巨大な土人形を生み出して『原罪』への攻撃を開始する。しかし、見えない触手によって荊は弾《はじ》かれ、土人形も滅多打《めったう》ちにされている。やはり攻撃対象が見えないことには対処がしづらいようだ。

かといってなにもしないわけにはいかないので、ノエルは杖の先端を『原罪』へと向けて、

「水創成魔法〝海竜《かいりゅう》の咆哮《ほうこう》〟!!」

ゴバアアァッ!

杖から竜の形を成《な》した水流が迸《ほとばし》り、うねりながら化身へと向かう。

しかし、十重二十重《とえはたえ》に張り巡らされた見えざる触手の壁へとぶち当たり、瞬《またた》く間にただの水しぶきへと変わってしまった。

「お、君のもすごいね。しかもこれ、全力じゃないでしょ？　すごい魔力量だなぁ」

化身の呑気《のんき》な声を聴《き》きながら、ノエルは歯噛《はが》みする。触手は攻撃手段であるとともに、化身を守る盾《たて》でもある。その盾が見えないのでは、どこに攻撃してよいかわからない。攻守ともに本来の力が発揮できないのだ。こんな相手、どう攻略すれば……!?

「……え!?」

ノエルが焦《あせ》りを感じていると、周囲に飛び散っていた水しぶきが、思わぬ動きを見せた。

見えざる触手が水しぶきを弾くことによって、その形や動きがわかるようになったのだ。

（これなら……！）

わずかに見えたその光明《こうみょう》を裏づけるように、シャーロットがノエルに指示を出した。

「ノエル、ヤツに向けて水球を打ち続けろ！　こんなもの、見えれば恐れるに足りん！」

「キシシ♪　本当にそうかなあ。動きを止められなければ、意味ないって思うけど」

すかさず化身が挑発的なことを言うが、さらにそれにかぶせるようにして、

「……じゃあ、動きを止められればいいわけね？」

いつの間にか化身の上空に飛んでいたベルが、ニヤリと笑ってから大きく息を吸いこむ。

「〝シルフの息吹《いぶき》〟‼」

ベルが大きく息を吹きかけると、巨大な渦巻《うずま》く風の奔流《ほんりゅう》が生じ、それがすさまじい速度で化身へと迫《せま》っていった。

「……ええぇぇ。風の精霊までいるの？　君たちいったい、何者なのさ？」

さすがにこれは受けきれないと判断したか、彼は触手を駆使《くし》して大きく横へ飛んだ。

その回避行動によって、一同を攻撃する手が止まった。

その一瞬の隙《すき》をつき、触手と触手のわずかな隙間に狙いを定《さだ》め、シャーロットが動く。

「――何者でもない。買い物途中のただの女子だ」

ドズッ……！

シャーロットの剣の柄から放たれた荊によって、『原罪』は——化身の本体である白い魔導書《グリモワール》は中心を射抜《いぬ》かれ、さらに放射線状に広がっていく荊によって、千々《ちぢ》に引き裂かれる。

それは光の粒《つぶ》となって空気中に霧散《むさん》し、同時に見えざる触手の気配も消え去っていった。

「……そっか。それは……悪いことをしたね。どーぞ、買い物の続きを楽しんで」

化身は大して残念そうな様子もなく、しかし面白くもなさそうに告げる。

「……邪魔《じゃま》したお詫《わ》びに教えてあげるよ。僕はオリジナルの『原罪』から増殖した、ただの『写本《しゃほん》』なんだ。オリジナルの僕はもっと強いし、いろいろなことができるよ」

「……なんだ、負け惜《まお》しみか？」

「……そうかもね。大口をたたいたくせに、こんなあっさり負けたのが、少し悔しいと思っているのかもしれない。そんな機能はないはずなのに……まったく。本当に不完全な形で意識だけが残ったものだよ。というよりかは、残留思念に近いものなんだろうけど」

再び謎《なぞ》のようなことを言いだす彼に、シャーロットは思わず問いかけてしまった。

「貴様らはいったい、何者なのだ……？」

「……何者でもないよ。君たちが言っている通りの者さ」

先ほどの意趣返しのようなことを言ってから、化身はシャーロットを見る。

その目には深い怨嗟《えんさ》や執念《しゅうねん》、そして恐怖など、様々な黒い感情が宿っているように思えた。

「僕たちは『原罪』。君たちが——人間が最初に犯した罪から生まれた存在だよ」

「………」

意味深《いみしん》な言葉を言い置いて、彼は糸が切れた人形のように倒れ伏し、『原罪』も完全に消え去っていったのだった。


様々な謎は残ったものの、ひとまず事態は収束《しゅうそく》し、一同は後片づけを開始した。

と言っても、あの後すぐに応援の騎士団員が駆けつけてくれたので、そこまで時間をかけずに終わらせることができた。報告書の作成も、ソルたちが引き受けてくれた。

時間がかかったのは、魔導具の研究者たちへの報告だ。『原罪』が人の身体を乗っ取った例は初めてだったので、詳しく説明をする必要があった。また、オリジナルの危険性を示唆《しさ》されたことや、より強い人間を宿主として欲していたこと。そのほかにも意味不明な内容を言っていたことなども説明しているうちに、日が傾く時間になってしまった。

それ自体は、べつにかまわないのだが……。

「「「…………」」」

ノエル、シャーロット、そしてベルは、ずぶ濡《ぬ》れになった服を着替えた後、夕日に赤く照らされる広場で、悲しい表情をしながらある物を見ていた。

……化身との戦闘によってグシャグシャになった、プレゼントのブックポーチを。

もう何度目かもわからないため息をつきながら、シャーロットが言う。

「すまない。私が箒になどくくりつけていたせいだ。あの店に預けておけばよかった……」

そう。カルロを追いかけることになったときはバタバタしていたので、ついそんな危険なところにプレゼントを保管してしまったのだ。自分で持っているよりマシかと思ったのだが、その判断が裏目に出てしまった。まさか一発目でぶち壊されるとは……。

ノエルはゆっくりと首を振りながら言った。

「あの状況じゃしかたないですよ。それにあのブックポーチ屋、もう閉《し》まってたし……」

事後処理のために町を駆け回っている最中、件《くだん》の店はカーテンを下ろし、明かりも消していたのを見かけたし、そのほかにも閉まっている店はたくさんあった。あんな事件が起こった後なので、用心したのだろう。

ベルは申《もう》し訳《わけ》なさそうな表情で口を開く。

「いいえ、私がこれを持って、どこかに隠しておくべきだったのよ。ごめんなさい……」

「あの忙しいなか、そんなことできっこないでしょ。それを言うんだったら、私がプレゼントを服の中にでも隠しておくべきだったわ。箒を運転してたわけじゃないんだから……」

すかさずノエルは言うが、シャーロットは柳眉《りゅうび》を逆立《さかだ》てながら反論する。

「いや、それこそ無理な話だろう！　最初に私が箒にくくったのが悪いのだ！」

「いいえ、私が悪いです！」

「そんなことないわ！　私よ！」

と、三人はしばし、互いの顔をにらみ合っていたのだが……。

「……ぷ、ふふ、くふふふ」

ふいにベルが笑い声をあげて、それにつられるようにして、二人も笑い始めてしまった。

このやりとりがおかしくて、それぞれの思いやりが嬉しくて……それ以外にもいろいろな感情がこみあげてきて、笑い声として溢《あふ》れ出《で》てしまったのだ。

そのまま三人でしばらく笑ってから、ベルが『んー！』と大きく背伸びをして言う。

「よっしゃ！　じゃー、気合入れてプレゼントを選びなおしましょう！」

あっさりと言う彼女だったが、先述のように件のブックポーチ屋は閉まっているし、それ以外にも多くの店が閉まっていた。ついでに、地図もインクが滲《にじ》んで読めなくなってしまっている。そうでなくても、三人とも任務終わりでクタクタだ。

これだけの悪条件のなか、プレゼントを選びなおすのは、とても大変な作業になるだろう。

――しかし。

「……そうね。さっさと行ってさっさと買っちゃいましょう！」

「だな。まずは件の小物を売っている店に行くとしよう」

ノエルとシャーロットは、笑顔で頷きながら、当たり前のようにそう言った。

確かに、いまからプレゼントを選びなおすのは大変なことだ。

しかし、ひとりで選ぶわけではない。

この波乱と逆境に満ちた一日を乗り越えた、頼もしい仲間とともに買いに行くのだ。

おのおののセンスはバグっているかもしれないが、これだけの逆境を乗り越えた後なので、そんなことは小さな問題に思えてしまう。

夕日とともに黄昏《たそが》れるにはまだ早い。また三人で力を合わせれば、きっとなんとかなる。

こじらせ女子は、なにかとあきらめが悪いのだ。

そんなふうに気持ちを入れ替えて、三人が颯爽《さっそう》と歩きだそうとした、その時、

「……あれ？　トゲトゲツンツン女王じゃね？」

ふいに、三人の背後から聞き覚えのある男の声がかけられる。

「!!」

シャーロットが恐る恐る振り返ってみると。そこには……。

「お、やっぱそうだ。なにオマエ、なんで今日は女子みたいなカッコしてんの？」

シャーロットがプレゼントを渡す相手――ヤミがくわえタバコで佇《たたず》んでいたのだった。

しかも、その左右では……。

「お、ノエル！　オマエこんなとこにいたのかよ！　探したんだぞ、コノヤロー！」

目つきの悪い謎の鳥のネロを頭にくっつけたアスタが、ノエルに向けて片手をあげていて、

「ベル、どこ行ってたんだ？　出かけるとは聞いてたけど、さすがに帰りが遅すぎだぞ」

ユノが相変わらずの無表情でそんなことを言っていた。

(((………マジか)))

本日最後にして最大の逆境に、三人は同時に真《ま》っ青《さお》になった。

まさか、プレゼントを渡す予定の相手に、鉢合《はちあ》わせてしまうなんて……。

プレゼントを買った後ならまだよい。しかし、買う前となるといろいろ説明が面倒というか、ここに来た理由――つまり、彼らにプレゼントを買いに来たということから説明しないといけなくなるというか……。

女子たちがまとまらない思考をグルグル回していると、ヤミが紫煙《しえん》とともに口を開いた。

「で、オマエらこんなとこでなにして……」

「き、貴様らのほうこそ、こんなところになにをしに来たのだ!?」

シャーロットは苦し紛れに質問に質問で返す。その必死な様子に違和感を覚えたような素

振りはあったものの、ヤミはシャーロットを指差して、一言。

「なにって、今日三つ葉の日だろ？　だからオマエにやるプレゼントを買いに来たんだよ」

「!!」

ボッ！　と、シャーロットの顔が一瞬にして真っ赤《まっか》に染まり、急激に意識が遠のいていくのを感じた。しかし今度はなんとか倒れる前に踏みとどまり、落ち着いて言葉を返す。

「わ、わ、わ、わた、わたしに、プ、ププ、プレ……プレゼン、ト……だ、だと？」

全然落ち着いてなかったが、ともあれヤミは『ああ』と頷いて、

「珍しくギャンブルで大勝ちしたからよ、景品をうちの団の連中にやったんだけど、バネッサのヤツが『私にプレゼントがあるのに、私のライバル……シャーロット団長にあげないのはおかしいです！』とかなんとか、わけわかんねーこと言いだしてさ。とにかく、オマエにもプレゼント買ってくるように言われたんだよ」

「そ、それはまた、お節介な話だな……意味もよくわからないし……」

どうにか平常心を取り戻しつつ、シャーロットは咳《せき》ばらいをしながらそう答えた。

人から言われて買うことにした、という部分は少し気になったものの、それでも十分、

(ヤミが私にプレゼント……う、嬉しい……。すごく、すごく……嬉しいっ!!)

だから逆に、これくらいがちょうどいいのだ。これでもし、人から言われたのではなく、

自主的に買おうとした、などと言われたら、今度こそぶっ倒れてしまうだろう。

そんなことを思っていると、ヤミは実にこともなげな様子で言葉を足した。

「ま、実は言われなくても買うつもりだったけどね。なんだかんだオマエには世話になってるし、今年はとくに……って、オイ、大丈夫かオマエ、いま白目剝《む》かなかった？」

「う、うるさい……うるさぁぁい！」

「いや、いきなりなに……ってオイ、オイ！　なんで攻撃してくんの⁉　よ、要求は⁉　ちゃんと要求言ってからキレろや！　お願い！」

と、ヤミが珍しく焦りながら、シャーロットに謎の荊攻撃を仕掛けられている横で、ノエルはモジモジとアスタに訊ねる。

「……ア、アスタはなにしに来たのよ？」

「オレか？　オレは暴牛のみんなにプレゼントを買いに来たんだよ！」

「……そう」

『みんな』……ね、と、思いながら、少しだけシュンとしたノエルに、アスタは『あ、そうそう！』と、なぜか不満そうな口調になって、

「ってかオマエ、朝からどこ行ってたんだよ⁉　いろいろ探したんだぞ！」

「べ、べつに、どこだっていいでしょ……」

「よくねえよ！　こっちはオマエとふたりで買い物に行って、オマエの好きな物を買おうと思ってたんだぞ！」

ボッ！　と、ノエルの顔も真っ赤っかに染まる。それはつまり、ノエルのためだけにプレゼントを買ってくれるつもりだった、ということで、しかも……。

「そ、それってつまり……デ、デデデ、デートするつもり、だった……て、こ、こと？」

反射的に言ってしまったものの、直後に『しまった！』と感じた。そんな言葉を持ち出してしまったら、まるで自分がアスタのことを異性として意識しているみたいではないか。

発言を撤回《てっかい》しようとした矢先、アスタは目をパチクリとさせてから、

「デート？　っていうのはよくわかんねえけど、オマエがなにを欲しがるかわからなかったから、ふたりで街をブラブラして、好きな物を買おうと思ってたんだ。ついでにメシ食ったり、他のみんなに買う物を選んだりできたらなって、って」

完全にデートだった……と思いつつ、ノエルは再び反射的に叫んだ。

「このバカスタ！　なんでもっと必死で私を探さなかったのよ！」

「なにその超絶理不尽《りふじん》なキレかたっ⁉　そんなの無理に決まってるだろ！」

「……ウ、ウソよ、ウソウソ！　いまのナシ！　そんなの全然行きたくなかったんだから！」

「いやもう怖《こえ》ぇよ！　なにその情緒《じょうちょ》！　オレが言うのもアレだけど、ちょっと落ち着け！」

と、こちらも謎の掛け合いに興じる二人を横目に、ベルはバツが悪そうにユノに訊ねる。

「……ユノも、その……誰かのプレゼントを買いに来たの？」

「いや、オレはベルを探して歩いてるうちに、そこのふたりと会っただけだ」

「……そっか……そう、だよね」

ぽつりとそう答えて、ベルは無意識に下を向いた。

少しがっかりしたものの、半面で『それはそうか』という気持ちもある。ベルは精霊なので、プレゼントをあげるという発想そのものがなかったのかもしれない。

……ただ、ベルはプレゼントするつもりだったのに、ユノにはなかったのだ。

そういったところひとつとっても、考えの行き違いが生じている。

やはり、ユノの気持ちはよくわからない。

必要としてくれているとは思う。しかしそれはやはり『風の精霊』としてであって、ベルの『人格』がどこまで彼に求められているかはわからないのだ。

好きとか、嫌いとか、そういうことも考えたことがないかもしれない。

と、今日一日の疲れもあって、柄《がら》にもなくネガティブなことを考えてしまったのだが……。

「というか、オレはプレゼントを買う必要がない……もう買ってあるから」

「……え？」

ベルが顔を見上げると、彼はブックポーチに手を入れ、小さな紙袋を取り出す。そしてさらにその中から、人間の手のひらサイズの小さな服を取り出して、ベルの身体にあてがった。

「……よかった。服屋に特注して作ってもらったんだけど、サイズ合いそうだな」

「ユノ、これ……？」

ベルが呆然としながら訊ねると、ユノは取り出した服を再び紙袋に詰めなおした。

「いつも同じ服だと飽《あ》きるだろ。何着かあるから、気分を変えたいときとかに着たらいい」

彼はそう言って、紙袋をベルに差し出しながら、

「いつもありがとな、ベル。オマエがいてくれるおかげで、毎日賑やかで楽しい」

「………！」

ジワリ、と、ベルの目に涙が溜《た》まっていく。

「……ホ、ホント？」

「まあ……けっこううるさい環境で育ってるから、オマエみたいに賑やかなのが隣にいたほうが、むしろ落ち着くっていうのもあるしな」

ユノはそう言って、『ほら』とベルに紙袋を渡し……。

少し気恥ずかしそうな口調で、しかしはっきりと、言った。

「だから、これからもよろしくな――オレを選んでくれて、本当にありがとう」

「…………っ!!」

その言葉に、ベルはこらえきれず、ボロボロと泣いてしまった。

……ぶっきらぼうな言葉だったけれど。

全部の不安がなくなったわけではないけれど。

不愛想で無口なユノが、こんなにもはっきりと気持ちを伝えてくれた。

ベルが一番ほしかった言葉を、言ってくれた。

それがとても、とても嬉しくて。

ちゃんと、気持ちが通じ合っていたように感じられて。

思わず、泣いてしまったのだ。

「……ベル、なんで泣いてんだ？」

ユノは珍しく焦ったような顔になったが、それにかまわず、ベルは涙で顔をぐしゃぐしゃにしながらユノの顔へと抱きついていった。

「グ……グス……わ、私のほうが、ありがとうなんだからああアァァァッ！」

「……ちょ、オイ、鱗粉！　最近慣れてきたけど、直接はありえねぇ！」

羽を押しつける勢いでユノへと抱きつくベルと、それを引きはがそうともがくユノ。

結局はいつも通りのやりとりになってしまったが、ベルは満ち足りた気持ちだった。ユノに受け入れられているか……そんな不安を抱《かか》えていたのだが、先ほどのユノの言葉でそれが吹き飛んだ。いままで通りに接してよいのだと、言ってもらえた気がしたからだ。

だからきっと、これで……いや、これが良いのだ。

そんなふうに満足しながらユノにじゃれついていると、シャーロットの謎攻撃から解放されたヤミが、『ったく、なんだったんだよ……』と悪態をついてから、場を仕切り直すようにして女子たちに言う。

「っつーか、そんなよそ行きの服着てるってことは、オマエらも買い物に来たんだろ？」

紫煙を吐き出すついでとばかりに、こんな提案をした。

「だったらもう、みんなでこのまま買い物に行かね？　それなら渡す手間省《はぶ》けるし」

「「!!」」

シャーロットとノエルは内心でニヤリとして、しかしそれを表に出さないように努めた。

男子がどうしてもと言うので、しかたなく買い物につき合って『あげる』。

（そのスタンスなら、悪くない……！）

ふたりは瞬時にその考えへと至《いた》ると、まずはノエルが口を開いた。

「ハァ……しかたないわねえ～。そこまで言うんだったら、つき合ってあげるわよ」

「そんな言い方をされたら、断れんしなあ……まったく、面倒なことだ」

シャーロットも『やれやれ』と言った様子で賛同の意を示す。

こじらせ女子は、なにかと面倒くさいのだ。

「いいっすね、みんなで買い物したほうが楽しいし！　まあ、店はよくわかんないけど」

「そこはそれこそ、女子ーズに聞きゃあいいだろ。どっかおススメの店とかってある？」

アスタとヤミのその言葉に、シャーロットはノエルと、そしてベルとこっそり目《め》配《くば》せをして、小さく笑いながら頷きあった。

まずはシャーロットが、サラリ、と髪を指先で梳《す》きながら言う。

「おしゃれな小物を扱っている雑貨屋を知っている。まずはそこに案内してやろう」

続いてノエルが、大きく胸を張りながらドヤ顔を浮かべた。

「そこで商品を買うと、かわいいポーチがもらえるのよ！」

「あとイマドキ女子に大人気のスイーツを売ってるお店もあるわ！　あとで行きましょう！」

最後にベルが、今日一日のことを思い出しながら情報をつけ足す。

波乱続きの一日ではあったが、ともかく、こうして——。

騎士団女子と、騎士団男子によるプレゼント選びが、始まったのだった。


ちなみに……。

「いや、オレはもう買ってあるからいい。選抜試験の修業したいし……」

「なぁに言ってんだよ！　ここまで来たら、みんなで一緒に行こうぜ！」

と、アスタにがっちりと肩を組まれたまま、ユノも強制連行されたのだった。


「『原罪』は、波長が合った人間の身体を乗っ取ることができる。そして、より強い宿主を求めている……ということなのかな……なるほど、本当に厄介だね」

そしてその日の夜。ヴァンジャンスの執務室にて。

先ほど上がってきた報告書を見ながら、ヴァンジャンスは静かな声でそんな言葉を口にしていた。デスクをはさんだ向かい側に立ちながら、ヴァンジャンスにあつく忠誠を誓《ちか》う『金《こん》色《じき》の夜明《よあ》け』の魔道士、サンドラーは意見する。

「厄介といえば、今回王都で事件が起こったことで、市井《しせい》へも不安が広がっています」

「なるほど。それはちょうどいいいいかもしれないね……」

「……は？」

脈絡を無視した言葉に、サンドラーは思わず聞き返してしまった。ヴァンジャンスは薄く笑いながら、小さく手を振って、

「いや、『白夜《びやくや》の魔眼《まがん》』からの攻撃もあって、国全体によくない雰囲気が広がっているから、

それをどうにかするために、ちょうどある対策を考えていたところだったんだ。変な言いかたになってしまって、すまないね」

「……いえ」

そう返事をしつつも、いまいち釈然《しゃくぜん》としない気持ちがサンドラーの胸の中でくすぶる。

『原罪』がらみの事件となると、どうにもヴァンジャンスの様子がおかしくなる気がするのだ。少ない情報だけで、多くのことを理解しているように話すことも多々ある。

……まるで、ずっと前から『原罪』のことを知っていたような口ぶりで。

（なにを考えているのだ……私は……）

小さくかぶりを振り、愚《ぐ》にもつかない考えを散らす。そんなことがわかっていたのなら、『原罪』が流出することのないよう、彼はいち早く動いていたはずだ。

サンドラーが心酔するこの団長は、そういうお方なのだ。

「それでは、失礼いたします」

サンドラーはそう言って、部屋を後にしようとしたのだが……。

「あ、ちょっと待ってもらえるかい？」

ヴァンジャンスはそう言うと、デスクの引き出しを開け、小さな箱のような物を取り出した。そしてそれを持って、わざわざサンドラーのもとまで歩いていく。

「いつもありがとう、アレクドラ。これ、もらってくれるかな？」

「………ヴァ、ヴァンジャンス様、これは……？」

呆然とつぶやくサンドラーに、ヴァンジャンスは仮面の奥で笑顔を浮かべながら告げる。

「今日は三つ葉の日だろう？　君にはいつも頑張ってもらっているから、そのお礼にと思ってね。まあ、それほど高価な物ではないのだけど……」

「い、いえ……とんでもございません。ありがたく、頂戴《ちょうだい》いたします」

サンドラーはそれを受け取って、挨拶をしてから部屋を後にする。

そしてその日の業務を終えると、人気《ひとけ》のない森の中まで箒でやってきた。

周囲に人がいないことを念入りに確認してから、大きく息を吸いこんで、

「……ぃいいいいいいいよっっっっっしゃあああぁぁぁアアアアアアァッ！！」

プレゼントを両手で掲《かか》げながら、歓喜に打ち震えた声でそう叫んだのだが……。

それはまた、別の話。

BLACK CLOVER

1
2
3
4

四《よん》章《しょう》✿消《き》えた英《えい》雄《ゆう》

「いらっしゃーい！　いまからタイムセールで、魔導具《まどうぐ》は全品半額だよっ！」

「そこのお姉さん！　うちのお店寄っていきませんか？　安くしときますよ～！」

よく晴れた空の下、立ち並んだたくさんの露店《ろてん》から威勢《いせい》のいい声が飛《と》び交《か》い、その中を笑顔の町民たちが歩いていく。

場所は、星果祭《せいかさい》の中心地となった王都《おうと》の広場だ。星果祭ほど大規模ではないものの、広場の中に露店や簡易的なステージが設置され、小さなお祭りの様相《ようそう》を呈《てい》していた。

しかし露店で売り子をしているのは、いわゆる一般の商人などではない。

「『水色《みずいろ》の幻鹿《げんろく》』の団長がおススメの魔導具だよー！　防犯対策にひとつどうぞ！」

「こっちは『翠緑《すいりよく》の蟷螂《とうろう》』団長が作った肉料理だ！　おいしいし精《せい》がつくよー！」

——彼らは、九つの魔法騎士団《まほうきしだん》の団員たちなのだ。

「けっこう集まったのね～。お客さんもだけど、騎士団員たちのほうもさ」

「まあ、王撰騎士団《ロイヤルナイツ》の選抜試験も終わったことだしな」

広場の人ごみの中を歩きながら、ベルとユノはそんな会話をしていた。

彼らは今日、イベントの見回り役を命じられてこの会場に来ていたのだった。

魔法騎士団員たちが露店の売り子を務《つと》め、ステージ上で寸劇やゲームを行い、そのほかにも見回りや事務仕事など、様々《さまざま》な裏方業務をこなしている。

傍《はた》から見れば異様《いよう》な光景だろうが、こんなことになったのは理由があった。

「なにより、ヴァンジャンス団長からの直接のお達しだからな。それは人も集まるさ」

そう。『白夜《びやくや》の魔眼《まがん》』からの攻撃や、『原罪《げんざい》』の流布《るふ》など、度重《たびかさ》なる脅威《きょうい》で不安を感じている国民たちのため、ヴァンジャンスがこのイベントを発案したらしいのだ。

他の団の団員たちには、あくまでも『協力を要請《ようせい》する』という通達だったらしいが、彼の人徳があれば、これくらいの人数はすぐに集まるだろう。

ベルはユノに買ってもらったイチゴ飴《あめ》を舐《な》めつつ、嬉《うれ》しそうに言った。

「ふ～ん。ま、よくわかんないけど、そのおかげでユノとお祭りデートができるってわけね！」

「なにちゃんと満喫《まんきつ》しようとしてるんだよ。町の人たちのためのイベントだぞ」

「……いや、国民との交流を通して、騎士団員たちに息抜きをしてもらうことも開催理由のひとつだからね。君たちも楽しんでくれると幸いだよ」

と、唐突《とうとつ》に背後から声をかけられて、ベルとユノは軽く驚きながら振り返る。

そこに悠然《ゆうぜん》と立っていたのは、ウィリアム・ヴァンジャンス。

『金色《こんじき》の夜明《よあ》け』団団長——魔法帝《まほうてい》にもっとも近いとされる男だ。

クローバー王国の英雄がこんなところで普通に声をかけてきた、というだけでも驚きなのだが……。

「ねえねえ、ヴァンジャンスだんちょっ！　その仮面僕に貸してよ〜！」

「私のほうが先よ！　その羽をむしって、熊《くま》さんのぬいぐるみにつけてあげるの！」

「「…………」」
七、八歳くらいの子どもふたりが、英雄の足元にしがみついていることに、驚いたのだ。
「……ヴァンジャンス団長、その子どもたちは……？」

「うん。見ての通りだ。私の仮面が気になったみたいで、来てくれたようでね……」

ユノの質問に答えつつ、彼は仮面の奥でいつも通りの優雅な笑《え》みをたたえながら……。

……いや。

いつもとは違う、だいぶひきつった笑顔を浮かべながら、言った。

「……とりあえず、助けてくれるかい？」

「も〜。なんで来て早々《そうそう》、子どもにイジメられてる団長を助けなくちゃいけないのよ〜」

「やめろ、ベル」

「……はは、すまないね。子どもは好きなのだけど、相手をするのはどうにも苦手《にがて》なんだ」

その後、子どもたちをなんとか引き離したベルとユノは、ヴァンジャンスとともに見回りをしていた。ヴァンジャンスはひとつ咳《せき》ばらいをすると、気を取り直すようにして言う。

「それと、今日は私のわがままにつき合ってくれてありがとう」

「わがまま？」

聞き返すユノに、ヴァンジャンスは少し複雑な表情で頷《うなず》いて、

「選抜試験が終わった後とはいえ、『白夜の魔眼』の本拠地《ほんきょち》への奇襲を目前に控《ひか》えている大事な時期に、私が発案したイベントにつき合わせてしまっているわけだからね」

「……そんなの、全然わがままなんかじゃないって思います」

言いつつ、ユノは周囲にいる人々を見回した。

「さっきの子どもたちもそうですけど、団員と触れ合うことができて、町の人たちがみんな楽しそうにしてます。最近は怖《こわ》い出来事ばかりだったから、たまにはこういう楽しいイベントがあってもいいんじゃないでしょうか」

国民たちからしたら、こんな間近で騎士団員と——全国民が憧《あこが》れとする英雄たちと触れ合

う機会などめったにないのだ。それだけでも十分に楽しめるだろう。

『白夜の魔眼』や『原罪』によってもたらされている不安も、少しは紛《まぎ》れるはずだ。

「……そうかい。そう言ってくれると幸いだよ」

ヴァンジャンスは少し嬉しそうに笑いながら言った。ユノは小さく頷いて、

「それに、さっき団長が言ってたみたいに、団員たちも楽しんでるみたいですしね」

露店で売り子をしている団員たちの顔も、いつもより活《い》き活《い》きとしているように思える。

普段《ふだん》は過酷《かこく》な任務ばかりなので、彼らにとっても良い息抜きになっているのだろう。

騎士団員、国民ともに、今日は楽しく過ごせる一日になりそうだった。

そう、思ったのだが……。

「うん。本当に、ただ楽しいだけで終わってくれればよかったのだけどね……」

ヴァンジャンスは神妙《しんみょう》な顔つきになって、ふたりにだけ聞こえるような小さな声で、

「君たちには伝えておかなくてはならないんだけど……つい先ほど、この会場に『原罪』を所持している人物が紛れこんでいるかもしれない、との報告が入った」

「「!!」」

唐突《とうとつ》に打ち明けられた重大な事柄に、思わずふたりの身体《からだ》が強張《こわば》った。

「……ちょ、な、なによそれ！　すぐにみんなを避難……！」

慌《あわ》てたように大声を出すベルを手で制し、ヴァンジャンスは続ける。

「そうしたいのはやまやまなのだけど、急にそんなことをしたらパニックになるし、『原罪』を刺激する形になるかもしれない。それに、まだ可能性の段階でしかないんだ。大々的に動くのは、もう少し情報を集めてからのほうがいい」

だとしても野放しにするのは危険だ……とユノは感じたが、代替案が浮かばないのも事実だ。そもそも情報が曖昧《あいまい》過ぎて、どこまでどう動いてよいのかがわからない。

現状、するべきことがあるとすれば……。

「つまりこうして見回りをしつつ『原罪』を探していくしかない……っていうことですか？」

「その通り。もっとも、このことを知っている団員はごく少数だ。あまり多くの団員が知ると動きが不自然になって、『原罪』に悟《さと》られるかもしれないからね……君たちは誰よりも多く『原罪』との戦闘をしてきているから、打ち明けるべきだと判断した」

決して嬉しい理由ではないが、そういうことならしかたないだろう。ユノは小さく首肯《しゅこう》し、

「わかりました。ほかになにかわかっていることはありますか？」

「うん。君は本当に話が早くて助かるよ。詳《くわ》しくは歩きながら話そうか」

そう言ってから、ヴァンジャンスは再《ふたた》び申《もう》し訳《わけ》なさそうな声音《こわね》になって、

「重ね重ねになるけど、巻きこんでしまって本当に申し訳ない。君たちにも今日のイベント

を楽しんでほしい、というのは本音《ほんね》なのだけど、こんなことが起きてしまうなんてね……」

「それはもう、しかたがないですよ。ヴァンジャンス団長のせいではありません……」

むしろ一番の被害者だと言えるかもしれない。今日のイベントのために、忙しい業務の間を縫《ぬ》って準備を進めてきたのに、『原罪』によってすべてをぶち壊されたのだ。

同情を込めての言葉だったのだが、ヴァンジャンスはなぜか不自然に間《ま》をためてから、

「……うん。そうだね」

歯ぎれの悪い口調で、そう言ったのだった。

その態度に、ユノが小さな違和感を覚えた、その時……。

「だ、誰か、誰かぁー！　助けてくださいですわぁーっ！」

拡声《かくせい》魔法を使ったその声が、周囲に響《ひび》き渡《わた》った。

どうやら大広間――星果祭で魔法騎士団の戦績発表をしたステージだ――のほうで、誰かが大声を出しているらしい。

タイミングがタイミングだったので、ユノたちは臨戦態勢《りんせんたいせい》を取りながら大広間へと駆《か》けていく。そしてステージ前に設置された客席の最前列へとたどり着くと……。

「私は村娘のミモザですわー！　悪い魔道士《まどうし》に追われていますのよー！」

と、信じられないくらいの棒読みで喋《しゃべ》りながら、ミモザがステージ上をポテポテと走り回

っている様子《ようす》が見て取れる。その後も数人の団員が登壇《とうだん》し、ミモザを追いかける悪の魔道士を演じたり、背景を動かしたりし始めた。

どうやら、子ども向けの劇かなにかが始まったようだ。

ヴァンジャンスは苦笑《くしょう》交《ま》じりのため息をついてから、冗談めかした口調で言う。

「はは、すごいタイミングだね……いや、もしかしたら『悪の魔道士』の誰かが、『原罪』に操《あやつ》られている人物かもしれないけど」

「だとしたら、わかりやすくて助かりますね」

ユノも内心で苦笑しながら軽口を返す。確かにタイミングは悪かったものの、悪い意味での緊張がほぐれたようで、正直助かった。それに、劇が始まるのと同時に、小さな子どもたちがトコトコとステージへと群《むら》がっていく様子も、なんとも微笑《ほほえ》ましい。

あの笑顔を守るためにも、一刻も早く『原罪』を捕《つか》まえるべきだろう。

そんな思いを胸に、ユノがステージの前から去ろうとすると、ミモザが『あ、誰かが助けに来てくれたようですわー。きっと正義の魔法騎士の方ですわー』と舞台袖《そで》を指差す。

『正義の魔法騎士』という言葉に、集まった子どもたちはワッと盛り上がった。

そんな歓声《かんせい》のなか、『正義の魔法騎士』として登場したのは……。

「……ちょ、ほら、アスタ！　出番だってば！　早くこっち来なさいよっ！」

「…………え～？　出番って？　オレ、なにすればいいんだっけぇ？」

「「「「…………」」」」

満《まん》を持《じ》してステージへとやってきた……いや、ノエルに引きずってこられたのは、『ほけ～』という効果音すら聞こえてきそうなほど、普段《ふだん》とは変わり果てて腑《ふ》抜《ぬ》けた顔をしたアスタだった。

老人のようなその姿に、ベルはステージの下から、思わずノエルに話しかけてしまった。

「ねえノエル……そいつ……その、なんでそんなおじいさんみたいになってるの？」

「い、いや……私もよく、わかってないんだけど……」

旦那《だんな》の介護《かいご》に疲れきった妻のような哀愁《あいしゅう》を漂《ただよ》わせながら、ノエルはため息交じりに言う。

「選抜試験の決勝で、ユノと戦えなかったのがショックで、こうなったみたい……」

「『こうなったみたい』って……どうなってるのよ……？」

説明した側もわからないし、された側もわからない。そんな謎《なぞ》の状態に陥《おちい》っているらしい。

アスタは、ユノの姿に気づくと、呆《ほう》けたような口調で話しかけた。

「ああ、ユノ……ちょうどいいや、オマエが正義の魔法騎士代わってくれよ。選抜試験一位のオマエのほうが上手にできるよ……あ、すいません、敬語使ったほうがいいですか？」

「やめとけオマエ。そんな卑《ひ》屈《くつ》なキャラじゃないだろ。いつまでもバグってんじゃねえよ」

「そんで悪役を倒した後に、いつもの決め台詞《ぜりふ》をぶちかましてくれよ。あの、敵を倒した後にいつも言う『オレがユノだ。ユーノゥ？』ってやつ」

「なに記憶までバグってんだよ。言ったことねーよ、そんなクソダサい決め台詞」

ふたりがそんなやりとりをしているうちに、客席がザワザワとし始めてしまう。当たり前だろう。魔法騎士団が来てくれると聞いていたのに、おじいさんが来てしまったのだから。

そんな空気をどうにかしようとしたのか、ミモザは『はわわっ』とテンパった様子で、

「み、皆さん！　このあとの段取りなのですが、アスタさんが悪の魔道士にやられてピンチになってしまい、そこで新《あら》たな正義の騎士団員役が駆けつけてくれることになっていますの！　その人がなんと、有名な騎士団長ですのよ！　しかもステージの上で、ちびっ子のみんなと一緒に悪の魔道士と戦う段取りですの！　だからどうか帰らないでください！」

「ぶっちゃけすぎよ！　とりあえず『段取り』とか『役』とか言うのやめてよ！」

と、ベルがツッコミを入れるが、意外なことに子どもたちは再び盛り上がりを見せていた。

「すごーい！　騎士団長さんに会えるの⁉」

「ねえパパー！　ぼくもまえのほうに言って、いっしょにたたかいたーい！」

会場のところどころからそんな声が聞こえてきて、先ほど以上に子どもたちがステージの下へと集まってくる。やはり『騎士団長』というネームバリューは伊達《だて》ではないようだ。

この機を逃《のが》すまいと、舞台袖のクラウスがミモザに向けて『このまま団長を呼びこめ！』と指示を出す。ミモザはコクコクと頷いてから、再び客席に向けて呼びかけた。

「それでは皆さん！　大きな声で団長さんを呼んでみましょー！」

もう団長って言ってるし……などというツッコミは誰ひとりせずに、『せーの！』という彼女の声に合わせて、会場中の子どもたちが大きな声を出す。

そんなかわいらしい声に迎《むか》えられてやってきたのは……。

「──ウワッハッハァッ！　安心しろ村娘ェッ！　この正義の魔法騎士、メレオレオナ様が、悪の魔道士どもをひとり残らず食《く》い千切《ちぎ》ってくれるわあああぁぁぁァァッ!!」

「「「…………」」」

ドスのきいた声で高笑いをしながら、肩をグルングルンと回して歩く、女獅子《しし》だった。

『正義の魔法騎士』というイメージからかけ離れた姿に、子どもたちの笑顔が凍《こお》りつき、カタカタと小刻《こきざ》みに震える。泣きだすことも忘れて、ただただ恐怖に晒《さら》されているようだ。

そんなことはおかまいなしに、彼女は観客席を見回すと、白目を剝《む》いて獰猛《どうもう》に笑い、

「ほほぅ……ここには良い子のお友達がたくさんいるのだなァ！　私と一緒に戦ってくれるお友達は誰だ!?　オマエか!?　オマエかあああァァァァァッ!?」

「ちょっと待ってメレオレオナ。すごい発注ミスが起きているようなのだけど……」

ヴァンジャンスはステージの下から、まあまあの大声でツッコミを入れてしまった。柄《がら》にもないことは重々承知だが、このままでは騎士団のイメージが著《いちじる》しく損《そこ》なわれてしまう。

ヴァンジャンスのそんな思いなど知る由《よし》もなく、なぜか彼女は烈火《れっか》のごとく怒りだして、

「貴様《きさま》……正気かヴァンジャンス⁉　舞台において、演技中の演者に話しかけるなど、とんでもなくマナーを欠《か》いた行為だぞ！」

「いや、子どもたちからしたら、もっととんでもないことが目の前で起きているんだよ。もう少し子ども向けの演技をしてくれるかな？」

「莫迦者《ばかもの》ォッ！　子どもが相手だからと言って手を抜けと言うのか⁉　魔法騎士たるもの、何事も全力でこなすべきだろうが！」

「うん、わかった。わかったら、ちょっと一回全力で想像してみてくれ。『正義の魔法騎士』が来るかと思ったら『白目を剝いたヤバい人』が来てしまったら、君ならどう思う？」

と、ふたりが進展のないやりとりを繰《く》り広《ひろ》げているうちに、舞台袖からクラウスがやってきて、側頭部に指を添えながら告げた。

「……すいません、おふたりとも。劇は中止です。撤収《てっしゅう》作業を始めましょう」

「中止……って、ちょっと待ってよ！　劇を楽しみにしてた子どもたちだって……！」

ベルはそう言って食い下がるが、クラウスは一同の背後を指差しながら、一言。

「……どこにいるのだ、そんなの？」

「あ……」

指差された先——客席は、いつの間にか人が消え失《き》せ《う》ていたのだった。

ヴァンジャンスがメレオレオナに話しかけた隙《すき》に、『いまだ！』とでも判断したのだろう。

女獅子から避難するようにして、親が子どもを連れて逃げてしまったようだ。

観客が消えていることに気づいたメレオレオナは、たいそう悔《くや》しそうに地面を殴《なぐ》りつけて、

「くっ……すまん、貴様ら!! ヴァンジャンスがくだらん言いがかりをつけたせいとはいえ、客を興《きょう》ざめさせて帰らせてしまった！ これはすべて私の責任だあぁァァ！」

「あの、メレオレオナ、すごく言いづらいのだけど、その通りだ。けど私のせいじゃない。保身のために言っているのではなくて、ちゃんと私のせいじゃない」

ヴァンジャンスの抗議を無視し、メレオレオナは決意を新たにしたように立ち上がって、

「しかしすぐにまた人を集めてやるから安心しろ！ 己《おのれ》の失態は己の手で補《おぎな》ってみせるぞ！」

声高らかにそう宣言し、会場中に届きそうなほどのバカでかい声でぶちあげた。

「聞けェ、民衆よ！ これよりこの私が、護身術《ごしんじゅつ》として人体の焼き方を伝授しよう！ いまから団員を相手に実演して見せるので、ステージへと集まってくるがよい!!」

さすがにそれは、その場にいる全員が死力を尽くして阻止《そし》した。

「……ひどい目に遭《あ》ったね」

「……はい。けど、まあ『原罪』が絡《から》んでいなくてよかった、ということにしましょう」

「……していいのかしら」

ヴァンジャンスとユノ、そしてベルはそんな会話をしつつ、見回りを続けていた。

先ほどのやりとりだけでも十分に疲れたのだが、その後にメレオレオナの暴走を止めるのに更なる体力を使ったのだ。『原罪』がこの会場に紛れこんでいることを伝え、なんとか気を鎮《しず》めてもらったのだが、その場の全員が数日分の労力を使い果たしたことは明白だった。

ユノだって帰って横になりたい気持ちでいっぱいだったが、そうも言っていられないので、無理やり気持ちをきり替えてヴァンジャンスに訊《たず》ねた。

「それで、『原罪』の足取りについて、ほかにわかっていることはあるんですか？」

「……ああ、すまない。そうだね。その話をしているところだった」

女獅子のインパクトに埋《う》もれかけていたその話を、ヴァンジャンスは再開した。

「まず、なぜここに『原罪』がいるかわかったかと言うと、『原罪』と接触したことのある団員の数名がこの会場内で『原罪』の魔《マナ》を感知したからなんだ。もっとも、魔力感知に特化した者が集中して探知しないと見つからないほど微弱な魔《マナ》だったらしいのだけどね」

「なるほど……けどそういうことなら、その発信源を辿《たど》っていけば、『原罪』の居場所を絞《しぼ》りこめるんじゃないですか？」

「もちろんそうしようと思ったのだけど、どうやら魔《マナ》がひどく不安定なようで、出現したり途絶《とだ》えたりするようなんだ。だから、魔《マナ》の感知だけで居場所を特定するのは難しいかな。せめて容疑者を数人に絞れればいいのだけど……」

そうですか……と答えてユノは黙考《もっこう》する。今まで相手にしてきた『原罪』とは違い、魔《マナ》を感知できるのは大きなメリットに思えたが、それを辿れないのでは意味がない。やはり今までのように、所有者と直接接触して『原罪』を破壊、ないし確保するしかないだろう。

この人であふれかえった会場で、そんなことができるだろうか……と、ユノが難《むずか》しい顔をしていると、ヴァンジャンスが会場の一角《いっかく》を指差しながら言う。

「噂《うわさ》をすれば……だ。彼も『原罪』の気配を感知してくれた者のひとりだよ」

その区画には、いくつかのテーブルが等間隔で並べられていて、その上で子どもたちが絵を描《か》いている様子だった。どうやら、お絵かき教室のような催《もよお》しを開いているらしい。

そして、その区画の隅《すみ》っこでふんぞり返っている人物が、ここを仕切っているようだ。

「……お、金ピカヘンテコ仮面マンじゃん。今日も金ピカヘンテコ仮面マンだな。ってか、金ピカヘンテコ仮面マンって超言いづれえんだけど。やめてくれる？」

『黒《くろ》の暴牛《ぼうぎゅう》』団長のヤミ・スケヒロ。

彼はヴァンジャンスの来訪に気づくと、読んでいた画集から顔をあげてこちらへと向いた。

ヴァンジャンスは『君が勝手に言っているだけだろう』と苦笑しつつ子どもたちを見て、

「君が子ども向けの催しをすると聞いたときには驚いたけど、うまくいっているようだね」

「ああ。これなら画材と紙さえ置いときゃあ、あとはなんもしなくていいと思ったんだけど、意外と集まりやがった。オレみたいにカワイイもんはカワイイもんを呼ぶんだよな」

ヤミの言う通り（?）、たくさんの子どもが集まっていて、ラック・ボルティアやバネッサ・エノテーカなど『黒の暴牛』の団員とおしゃべりをしながらお絵かきを楽しんでいる。テーブルには本当に画材と羊皮紙《ようひし》しかなく、無料でそれを使えるようだったので、そのシンプルさと気安さが受けているのかもしれない。ヤミのカワイさはあまり関係ないだろう。

そんな益体《やくたい》のないことをユノが考えていると、お絵かきをしていた男の子と女の子が、こちらに向かってトテトテとやってきた。

「あ！　ヴァンジャンスだんちょーだっ！」

「ああ。アナタたち、さっきの……」

と、ベルは曖昧に頷く。ふたりは先ほどヴァンジャンスをイジメて……もとい、慕《した》っていた子どもたちだ。名前は確か……。

「やあ、アルにシリカ。君たちもお絵かきをしていたのかい？」

ユノたちが思い出すよりも先に、ヴァンジャンスは膝《ひざ》を折ってふたりに微笑みかける。

そうだ。男の子のほうはアルで、女の子はシリカという名前だった。

ふたりは兄妹《きょうだい》で、普段《ふだん》は平界《へいかい》のはずれのほうにある村に住んでいるが、今日は魔法騎士団員たちに会うため、親に頼みこんでこのイベントに来たらしい。

アルは嬉しそうに頷くと、持っていた絵をヴァンジャンスに差し出した。

「うん！　村でふたりで遊んでるところをかいたの！　上手にかけたから、あげるね！」

「いいのかい？　ふたりが一生懸命描いた絵だろう？」

「うん！　さっき遊んでもらったから、そのおれいっ！」

そう言って差し出された絵を、ヴァンジャンスはお礼を言いながら受け取る。『子どもが好き』という言葉に嘘はないようで、その表情はいつもよりも嬉しそうだ。

……ただ。その姿に、ユノはほんのわずかな違和感を覚える。

彼の浮かべた笑顔が、なぜか少しだけ悲しそうなものに思えたのだ。

そのことを疑問に思っていると、ユノの足元にシリカがやってきて、絵を差し出してきた。

「じゃあ私は、ユノおにいちゃんにあげるね！」

「……ああ。ありがとう。大事にするよ」

アルの言った通り、シリカの絵もふたりが遊んでいるところを描いたものらしい。ふたりの栗色《くりいろ》の髪や、アルのブックポーチ、シリカの髪飾りなど、細かいところもよく描けている。

絵を受け取ってから笑いかけると、彼女は少しほっぺたを赤くして、アルのところへと戻る。そのままふたりは手をつないで、元気よく走り去っていった。

「じゃあねー！　ヴァンジャンスだんちょ！　お仕事頑張《がんば》ってね！」

「うん。ふたりも転《ころ》ばないように気をつけるんだよ」

彼らに手を振り返すヴァンジャンスは、すでにいつも通りの柔和《にゅうわ》な雰囲気に戻っている。

気のせい、だったのだろうか？　と、ユノが軽く疑問を抱《いだ》いていると、ヤミが相変《あいか》わらずどうでもよさそうな声でヴァンジャンスに話しかける。

「オイ、マジかよヴァンジャンス。隠《かく》し子《ご》がふたりもいたなんて聞いてねえぞ。金ピカヘンテコ仮面かぶってる場合じゃなくね？　アイツらにも金ピカヘンテコ仮面作ってやれよ」

「それで、ヤミ。その後『原罪』の魔《マナ》を感知できたかい？」

ヤミの茶番《ちゃばん》には取り合わず、ヴァンジャンスは絵を大事そうにブックポーチへとしまいながら訊ねる。するとヤミは肩をすくめて、

「相変わらずだな。ちょいちょい感知はしてんだけど、気配が出たり消えたりしやがる。ま、オレが読んでるのは魔《マナ》じゃなくて氣《き》だけど、ほかのやつらも似たようなもんだと思うぜ。さ

っきラックも同じようなこと言ってたし」

「しないよりはマシ、といったところか。わかった。それでも一応、定期的に感知は続けてくれ。私とユノのほうでもそうする」

「あいよー……って、ありゃ？」

気の抜けた返事をした彼だったが、軽く首を傾《かし》げながらヴァンジャンスの顔を見る。

「どうかしたかい？」

「いや、いま、軽～くこの辺の氣を探ってみたんだけどさ」

ヤミはそう言って、タバコを挟《はさ》んだ指でヴァンジャンスを差し示し、

「オマエさんから『原罪』の残《のこ》り香《が》みたいな氣を感じるんだけど、なんか心当たりあるか？」

「……え？」

そう声をあげるのと同時に、ユノも半《なか》ば反射的に魔《マナ》の感知をしてみる。

すると確かに、ヴァンジャンスからほんのわずかに『原罪』の魔《マナ》を感じ取れたのだった。

もっとも、言われて初めて気づくほど微弱なもの……本当に残り香のように弱い魔《マナ》だ。

『原罪』を所持していれば、もっと強くその存在を感じるはずなので、ヴァンジャンスが『原罪』の所持者であるということはないだろう。

……いや、しかし、魔《マナ》の気配を断《た》つ術《すべ》を身に着けているのなら、あるいは――。

「ああ。選抜試験の前に、ユリウス様が『原罪』を無傷で確保したろう？　今日の朝、検分のためにそれを触《さわ》りに行ったから。その時の魔《マナ》なのかもしれないね」

ユノの思考を遮《さえぎ》って、ヴァンジャンスは焦《あせ》った様子もなく説明をした。

（……バカかオレは。ありえねぇだろ）

それと同時に正気に戻る。そうだ。彼が『原罪』の所持者であるはずがないではないか。

一瞬とはいえ、おかしな思考に走った自分を恥じていると、ヤミも納得したように頷いて、

「なるほど。接触したヤツに魔《マナ》だの氣だのがこびりつくってこともあるわけね……あー。面《めん》倒《どう》なことに気づいちまった。なおさら探すのが手間じゃねえかよ。どうしてくれんだよテメエ。その仮面叩《たた》き割《わ》って、意識高い系カフェの壁に飾るぞコラ」

「よくわからない怒《おこ》りかたはやめてくれるかな……とにかく、引き続き頼んだよ」

苦笑しながらそう告げて、ヴァンジャンスはユノとベルとともに踵《きびす》を返し……。

すると、意外な人物がこちらへ近づいてきていた。

「ヴ……ヴァンジャンス……オマエ、なぜここに……!?」

『碧《あお》の野《の》薔《ば》薇《ら》』団団長、シャーロット・ローズレイだ。彼女はヴァンジャンスと目が合うと、なぜかビクリと身《み》動《じろ》ぎしてからその動きを止めた。

見れば彼女の手には、クッキーがいっぱいに入ったバスケットが持たれている。

どういう状況だろうか……？　と思いつつも、ヴァンジャンスが答えようとすると、シャーロットはなぜか顔を真《ま》っ赤《か》にしながら、もの凄《すご》い早口で、

「わ、私は、アレだぞ！　うちの団で開催している料理教室で、クッキーを多く焼きすぎてしまったから、捨てるのももったいないと思い、ヤ、ヤミにくれてやろうと思って持ってきただけだ！　他意《たい》はないぞ！　廃棄《はいき》処分をしにきたようなものだ！」

「まだなにも聞いていないのだけど……」

なんかこの状況、すごい見覚えある……と、ベルが人知れずデジャヴを覚えていると、ヤミは腕組みをしながらシャーロットにジト目を向けて、

「オマエがオレにクッキーだぁ？　この前からオマエ、なに女子みてえなことしてんだよ？」

「なんだと、この……！」

シャーロットは剣の柄《つか》へと手を伸ばそうとしたが、なにかを思い直したようにその手を止めると、顔を左右に振ってからヤミの元まで歩み寄ってきた。

「いいからとっとと受け取れ。私は忙しい。こんなことに時間を使いたくはないのだ」

と、すました顔でヤミにバスケットを差し出す。先ほどの動揺したような態度などは微塵《みじん》も感じさせない、普段の彼女らしい堂々とした態度だ。

もっとも、その胸中では、

（……や、やった！　渡せた！　ヴァンジャンスがいたときにはどうしようかと思ったが、上手に渡せたじゃないか！　はは、偉《えら》いぞ、私！）

こんな感じで、思春期女子のようにはしゃぎ倒していた。

とはいえ、それが表に出ることがないよう、細心の注意を払っているのだ。

シャーロットは、最近の自分の行動について、少し反省していた。

昔からヤミの前で動揺してしまうことはあったが、それが表に出ないように努《つと》めてきた。しかし最近は接する機会が多くなったせいか、動揺が隠しきれずにおかしな態度をとってしまったり、それを誤魔化《ごまか》すために攻撃したりしてしまうことが増《ふ》えた気がするのだ。

このままではよくない。そう考えた彼女は、いまいちど自分を厳しく戒《いまし》め、ヤミの前で自制心を働かせることを誓《ちか》ったのだった。

もう、なにがあっても動揺は表に出さない……改めて自分にそう言い聞かせていると、ヤミは『おお、あんがとよ』と言って数枚のクッキーを口の中に放りこみ、

「アレ？　普通にうまいじゃん。なにこれ、ホントにオマエが作ったの？」

「……そうだが」

すました顔で応じたシャーロットだったが、内心では、

（う、嬉しい！　好きな男に料理の腕を褒《ほ》められるのが、こんなに嬉しいものとは……！）

恐ろしく舞い上がっていた。しかしそれを表に出さぬよう、必死にこらえていると、

「てっきりメシマズキャラかと思ってたけど、案外ちゃんと女子してんじゃねーか。オイ、ヴァンジャンスとユノも食ってみろよ。意外といけるぞ、意外と」

「……ふん。相変わらず失礼なやつだ。褒めているのか貶《けな》しているのかわからんぞ」

すました顔で応じたシャーロットだったが、内心では、

(ほかの人に勧《すす》めるレベル!? そんなにおいしいと思ってくれているのか!? ああでも、ヤミ以外の男に食べられるのはちょっと複雑なのだが! でも嬉しい!)

めっちゃ舞い上がっていた。しかし、それがバレないよう、必死にこらえていると、

「一応褒めてんだけどなあ……このクッキーだったら、うん。毎日でも食えるよ、マジで」

「…………っ」

(あ……もうこれ、ダメだ)

全身から動揺があふれ出しそうになったシャーロットは、背後に倒れこみ、
ゴズッ! 石畳《いしだたみ》に後頭部を打ちつけ、自《みずか》ら意識を断ったのだった
「……ぐふぅっ!!」

「ええええエェッ!? ちょ、オマエなにしてんの!? 大丈夫か、オイ!?」

と、ヤミは珍しく動揺した様子で彼女を抱き起こそうとしたのだが……。

そこで、恐ろしく間《ま》の悪い出来事が発生してしまった。

「ね、姐《ねえ》さん！　大丈夫っすか⁉　なにがあったんスかっ⁉」

ソルを筆頭にして『碧の野薔薇』団の団員たちが、わらわらとシャーロットの元へと駆けつけたのだ。彼女らはシャーロットを囲んで、ギロッ！　と、ヤミを鋭く睨《にら》み上《あ》げる。

ゆらり、と、ソルはヤミの前へと進み出ると、一同を代表するように静かに告げた。

「姐さんが急にいなくなったから、探しに出てみたら……こりゃどういうことだ、『黒の暴牛』の団長さんよぉ……なんで姐さんが、アンタの前でぶっ倒れてんだよ？」

「いやオレが聞きてえよ！　コイツいま、セルフでバックドロップぶちかまして……！」

「はあぁッ⁉　やっぱりアンタ、うちの姐さんに手ぇあげたのかよっ⁉」

「だから違《ちげ》ぇっつってんだろ！　コイツ自分から……オイ、攻撃してくんじゃねえええェ！」

その後、『碧の野薔薇』と『黒の暴牛』で一時乱闘のような騒ぎに発展したものの、シャーロットがすぐに復調したことでヤミへの嫌疑は晴れたのだが……。

彼らが騒ぎ立てたおかげで、お絵かき教室の一帯には、誰もよりつかなくなったのだった。

「…………ひどい目に、遭ったね」

「…………はい」

「…………もうイヤ」

ヴァンジャンスとユノ、そしてベルはそんな会話をしつつ、見回りを続けていた。

彼女らの暴走を止めるのには苦労した。シャーロットが『……すまん。その、立《た》ち眩《くら》みだ。大事《だいじ》ない』と言って起き上がるまでの十数秒間とはいえ、その乱闘は苛烈《かれつ》にして容赦《ようしゃ》がなく、町へ被害を出さずに食い止めるのは本当に大変だったのだ。

しかも、メレオレオナが起こした騒動とも相《あい》まって、イベントに来ている民衆たちが騎士団を怖がるようになってしまったのだ。

そういった悪いイメージを払拭《ふっしょく》することも、今回のイベントの目的のひとつなのに、これでは本末転倒だし、肝心《かんじん》の『原罪』の手がかりも、なにひとつ見つかっていない。

そんなネガティブな思いと、今日一日の疲れもあって、

「……ホントに大丈夫なのか……魔法騎士団……」

ユノはポツリと、そんな独《ひと》り言《ごと》を漏《も》らしてしまった。

「はは、確かに。少し不安になる出来事が連発してしまったよね。いや、だいぶ、かな？」

「あ、いえ、すみません。いまのは少し、油断《ゆだん》してたっていうか、なんていうか……」

ヴァンジャンスに独白を聞かれてしまったことで、ユノは少し焦りながら言《い》い訳《わけ》をする。

曲がりなりにも星取得数一位の自分が、団長の前で吐く弱音《よわね》ではないと思ったからだ。

ヴァンジャンスはしかし、柔らかな笑顔を絶《た》やさないまま手を振る。

「かまわないよ……いや、しかし……うん。いい機会だから、聞いておこうかな」

こちらも独り言のようにそう告げて、

「……逆に問うけど、ユノ。君はいまの魔法騎士団やこの国について、どう思う？」

「え……？」

と、思わずユノはベルと顔を見合わせてしまう。上司が部下に、職場のことや守るべきものについて訊ねる。それ自体はべつに不自然なことではないのだが、やや唐突に思えたのだ。

その思いを察したように、ヴァンジャンスは肩をすくめて、

「べつに深い意図があって聞いているのではないよ。ただ、私を含めた多くの団員が、君の活躍に期待しているからね。君がどういった考えを持っているか気になっただけさ」

その言葉に軽く顎を引いて、ユノは考える。

抽象的な質問だが、本当に『どう思っているか』でいいのならば……。

「……いろいろ解決しないといけない問題はあると思っていますけど、それでもオレは、この国も、魔法騎士団も好きです。魔法騎士団のみんなは……まあ、最初は風当たりが強かったですけど、最近では仲間として認めてもらえてるようなので居心地《いごこち》がいいですし、星果祭以来、国民にもそれなりに受け入れてもらえてるようにも感じてますから」

あの時の歓声《かんせい》や、人々の笑顔を思い出し、ユノは温《あたた》かな思いになりながら告げる。

「だからオレは、オレを受け入れてくれた人たちを守るために、戦いたいって思ってます」

最初は自分の夢を叶《かな》えることしか考えていなかった。しかし、任務をこなすうちに、だんだんとそういった気持ちが芽生《めば》えてきたことも事実だ。人々の笑顔に触れ、感謝をされるたびに、この人たちを守りたいと感じられるのだった。

だからそれは心底《しんそこ》からの本音なのだが、そんな答えでいいのだろうか……？　そう感じながらヴァンジャンスを見ると、彼は満足そうにひとつ頷いて、

「私も同じさ。いまの魔法騎士団も、この国も好きだよ。騎士団には頼《たよ》れる仲間も部下もいるし、斯《か》くありたいと思える上役……ユリウス様もいる。そしてこの国は私と彼らを生み、はぐくんだ土地だ。愛国心と呼べるほど大げさなものではないけれど、恩義は感じているし、それに報《むく》いるためにも、ずっと守っていきたいと思っている……うん、本当にね」

そこでなぜか、彼は再び悲しそうな表情をしている様子だった。

……やはり、今日のヴァンジャンスはどこかおかしい気がする。

いつもの優雅で堂々としたオーラをまとってはいるのだが、それがひどく儚《はかな》くて、もろいものに感じる瞬間があるのだ。とはいえ、そこまで大きな揺らぎではないので、指摘もしづらい。だから結局はこうして心配することしかできないのだが……。

「とはいえ、ユノの言う通り、いろいろ解決すべき問題があることも本当だと思う」
そんな思いを抱《かか》えているうちに、ヴァンジャンスは普段の口調に戻って続きを話す。

考えていても答えが出ないことはわかっているので、ユノは思考をやめてそれを聞いた。

「平民《へいみん》や下民《げみん》に対する差別問題、私利私欲のために暗躍《あんやく》する者たちへの対策など……国と騎士団をより良くするために、より好きになるためには、やるべきことは多いよね」

「……そうですね」

思わず重い口調で相槌《あいづち》を打ってしまう。下民に対する差別では、ユノやアスタも痛い目を見ているからだ。その思いを察したように、ヴァンジャンスはユノの肩に手を置いて、

「そういった問題を解決する意味でも、私は君に非常に期待しているんだ。下民であっても、力を磨《みが》けば輝けるということを示せば、差別をなくすだけでなく、下民の希望にもなれる。広告塔のようになってしまって申し訳ないけど、君にはこれからも活躍してもらうよ」

「まっかせなさいよぉ〜！　なんたってユノは、四つ葉の魔導書《グリモワール》に選ばれた上に、私にまで愛されちゃったド天才なんだから！　身分の壁なんていくらでもぶっ壊してくれるわよ！」

そこで件《くだん》の空気読めない系精霊が話に入ってきた。ユノは『ベル、ハウス』と黙らせようとするが、ヴァンジャンスは失笑しつつ『そうだね』と同意する。

「けれど、いや、だからこそ、か……少し心配なことがあるんだ」

そこで彼の柔和《にゅうわ》な表情に、また少しだけ陰《かげ》りのようなものが見えた気がした。

「……そうだな。少し脱線するのだけど、ユノ、君は魔法帝になるのが目標だったね？」

「はい」

即答する。それに関してはなにも恥ずかしいことはないし、誰に対しても臆《おく》さずに答えると決めているからだ。ヴァンジャンスはひとつ頷いて、

「そのためならなにを懸《か》けられる？」

「自分の持っているものならなんでも」

「命も懸けられるかい？」

「死ぬ少し手前くらいまでなら」

「そうか。では、他人の命を差し出せと言われたら、どうかな？」

「えっ……？」

「あるいは、自分の命と引《ひ》き換《か》えに民《たみ》の命を救うような局面になったら、どうする？」

予想だにしなかった質問に、ユノは思わず口ごもってしまった。

ヴァンジャンスは苦笑しながら――しかし、どこか真に迫《せま》った口調で、告げる。

「……意地悪な質問をしてすまない。しかし君は強者ゆえに、これから様々な選択を迫られる場面があるだろう。魔法帝を目指《めざ》すというのならなおさらだ。中には正否を判断するのが

難しい選択も……あるいはいまの質問のように、正解なんてないような選択を迫られること
だって、きっとあると思う」

　まるで自分が経験してきたことのように、ヴァンジャンスは言う。

　いや、実際に経験してきたのだ。

　そんな答えのない選択と決断を繰り返して、いまの地位を築いたのだろう。

　そして彼の言う通り、ユノもそういった選択を迫られるときが、きっとくるのだろう。

　そのとき自分は、どんな答えを選び取るのだろうか……？

「そんなに思いつめることはないよ。ただ、そういうことがあるかもしれないということを、
知っておいてほしかっただけさ……そして、そういった局面になったときには、常《つね》に納得を
したうえでの決断をしてほしいと思っている」

　漠然《ばくぜん》とした言葉にユノが首を傾げると、ヴァンジャンスは少し間をためてから、

「正しい選択がわからない……そんなときは、きちんと自分が納得できる決断をするんだ。

それならば、たとえ悪い結果になってしまったとしても、結果に対して自分で責任を持てる。

当たり前のことかもしれないけど、君ほど力のある者は、決断のひとつひとつが周囲に大き
な影響を及ぼすからね……肝《きも》に銘《めい》じておいてくれると嬉しいよ」

「……はい」

釈然《しゃくぜん》としないながらもそう答えると、ヴァンジャンスは軽く伸びをしてから言った。

「……さて、長話をしていたらのどが渇《かわ》いたな。なにか飲み物を買ってくるよ」

「それならオレが……」

「いや、私の話につき合ってもらったのだから、私が行くよ」

元の柔和な口調で告げて、さっさとジューススタンドへと向かうヴァンジャンス。

ユノはしかたなくその辺のベンチに腰かけ、再び短くため息をついた。

「……ちょっとユノ、気にすることないわよ！　あんな質問、意地悪すぎるじゃない！」

「まあ、そうなんだけどな……」

ベルにはそう言いつつも、ユノは考えてしまう。

魔法帝になると決めたあの日から、ひたむきに努力を重ねてきたつもりだった。

あらゆる理不尽《りふじん》や逆境を想定し、それをはねのける手段も考えてきたつもりだった。

しかし、先ほどのような質問に答えることはできなかったし、いまも答えはわからない。

備《そな》えられなかったこと。そして、答えがわからないことが、ただ悔しい。

努力が足りなかった、あるいは、考えが甘かった……そう言われたような気持ちになってしまったのだ。

そんなユノの胸中《きょうちゅう》を察したように、ベルは『あー、もう！』と言いながら勝手にブックポーチを開け、魔導書《グリモワール》を開いてユノの顔に押しつけた。

「わぷ！　オマエ、なにす……！」

「見なさい！　魔導書《グリモワール》を授《さず》かって、たった半年ちょっとでこんなにページが埋《う》まってるのよ！　普通の人じゃこんなの絶対に無理！　ユノが努力の変態っていう証拠なのよ！」

「いや、なんかそれだと、褒められてるのか貶《けな》されてるのかわからないんだけど」

「おまけに足も長いし、目は切れ長だし、キューティクル半端《はんぱ》ないし、ホントにアンタは長所しかないわね、このイケメン！」

「だからどっちなんだよ？　貶すテンションで褒められてるから、混乱するんだけど」

迷惑そうにそうツッコミを入れたものの、この時ばかりはベルの暴走に助けられた。考えだすと止まらなくなる質《たち》なので、無理やりにでも思考を止めてもらえたのはありがたい。

団長の話は真摯《しんし》に受け止めるべき問題ではあるが、いま考えこむべきことではない。

ベルがそう言いたかったかどうかはわからないが、少なくともそう思うことができたのだ。

「……わかったよ、ベル……ありがとな」

「どーいたしまして！　よくわかんないけど！」

いつも通りのそんなやりとりをしつつ、ベルと魔導書《グリモワール》を顔から引き離す。

すると、先ほどシリカから貰《もら》った絵が地面に落ちていることに気づいた。

ブックポーチの中にしまっていたので、ベルが魔導書《グリモワール》を取り出すときにでも落ちてしまったのだろう。それを拾《ひろ》い、土を払ってブックポーチに戻そうとしたとき……。

「……ん？」

その絵を見て、小さな違和感を覚え……。

「………！」

――そして、とある考えに至《いた》った。

我ながら穴の多い仮定であるとは思う。もしそうだとしたら、相手は相当不用意なことをしていたことになるからだ。しかし彼がそのとき油断していたとすれば、あるいは……。

「遅くなってしまってすまない。そこでユリウス様に捕まってしまってね」

そこでヴァンジャンスが、三人分のジュースを持って戻ってくる。

ユノはヴァンジャンスの声に応《こた》えず、無言で彼を見据《みす》えた。

こんなことで彼を容疑者だと決めつけるのは、さすがに早計過ぎる。

しかし、そうだと仮定すれば、あの時にヤミが言っていた言葉も説明がつくのだ。

その推理を裏づけるためには、まず……。

「……ヴァンジャンス団長」

ユノは周囲への警戒を強めながら、ヴァンジャンスに向けて、こんな言葉を口にした。

「団長のブックポーチの中身、見せてもらってもいいですか？」

「…………」

ユノの質問に、彼は仮面の奥でいつも通りの優雅な笑みをたたえながら……。

……いや。

いつもとは違う、含《ふく》みのある笑顔を、浮かべた。


そして、それから数十分後、大広間にて。

「誰か助けてくださいですわー。悪い魔道士に追われていますのよー！」

大広間のステージでは、再び劇が始まっていた。

先ほどよりは圧倒的に子どもの数が少ないものの、客席自体はそれなりに埋まっている。

あの致命的な配役ミスによる大事故が二度と起こらぬよう、配役を大幅に変更し、人気者がたくさん出演するということを、劇場スタッフが宣伝して回った成果が出たようだ。

そんなことを考えながら、客席の最前列を目指して歩く。

会場を回っていろいろな団員と接触してみたが、やはり新しい宿主にするのは、ユノが一番良いだろう。先ほどは急なことだったので、ユノ達から逃げるような格好《かっこう》になってしまったが、いまはもう準備が整《ととの》っている。

『原罪』を人間に押しつけるだけで、意識の乗っ取りが完了するようにしてあるのだ。

「……キシ♪　いたぁ」

ユノとベルの姿を発見し、思わず口元をニヤけさせてしまう。

やはり、先ほどと同じように、ステージのすぐ下で劇の見張りをしているようだ。

彼の背後から、気配を消して慎重《しんちょう》に距離を詰めていく。ほかの観客と同様、ステージを仰《あお》ぎ見《み》ているので、すぐに彼我《ひが》の距離を縮めることができた。やがて手を伸ばせば届くところまで近づき、懐《ふところ》から『原罪』を取り出そうとしたのだが……。

「!!」

ユノは急に振り返ると、素早くこちらの手を掴《つか》む。

そのまま、周囲に向けて鋭く叫ぶ。

「『原罪』の宿主《やどぬし》を確保！　取り囲んでください！」

とたん、観客が、そして演者が一斉《いっせい》に動きだし、瞬《また》く間にユノ達を取り囲んだのだった。

「なっ……！」

思わず苦鳴《くめい》が漏《も》れる。観客の中に数名の騎士団員を紛れこませていた……わけではない。

客席に座っている全員が、魔法騎士団だったようだ。

しかも全員、今日は目にしなかった顔だ。新たに団員を呼んだか、魔法で顔を変えていたのだろう。子どもの姿もいつの間にか消えているので、やはり魔法かなにかだったようだ。

そこまでして、この状況を作り上げるとは……。

その対応の早さと周到《しゅうとう》さに舌を巻いていると、ユノは再びこちらをまっすぐに見ながら、

「もう子どもの振りなんてしなくていいぞ、アル……いや、『原罪』の化身《けしん》」


「……バレちゃったぁ。君は魔力感知が得意そうだから近づかないようにしてたのになぁ」

ユノの言葉に、アル——化身はつまらなそうに、しかし大して焦った様子もなく言った。

「で、どうして僕がそうだってわかったわけ……ユノおにいちゃん？」

なおも子どもの皮をかぶったまま、彼は無邪気《むじゃき》に笑いながら問う。ユノは苛立《いらだ》ちを押し隠し、あえて冷たい目で彼を見ながら答えた。

「……シリカの描いた絵だ。あの絵のオマエはブックポーチをつけていたけど、魔導書《グリモワール》が与えられるのは十五歳からだ。子どものオマエがブックポーチをつける必要はないよな？」

きっかけは、そんな些細《ささい》な違和感だった。

もちろんアルは、今もブックポーチをつけていない。

だから最初は、単に描き間違えただけかと思ったのだが、ユノは気になった。

なぜなら、ヴァンジャンスが持っていたほうの絵……アルが描いた絵では、彼は自分のブ

ックポーチを描いていなかったのだ。描き忘れただけ、とは思ったが、もし意図的に描かなかったのだとしたら、だいぶ意味合いが違ってくる。

——アルは普段、ブックポーチをつけている。それを隠している。

つまりその中に、見られたくない物を入れているのに、それを隠しているのではないか、と。

そんな意図が、垣間見《かいまみ》えたような気がしたのだ。それに、ヴァンジャンスから『原罪』の氣が感じられたのも、彼がアルの絵を持っていたから、という見方もできる。

「……ふぅ～ん。よかったね。そんな小さい……バカみたいなことに気づいただけでここまで辿り着けてさ。ほとんど偶然みたいなもんじゃん。あ～あ、僕もツイてないなぁ～」

化身の言う通り、それは本当に些細で、バカげていると言ってもいい憶測《おくそく》だ。そんなことを言っても、普通の組織だったらまともに取り合わないだろう。

そう。普通の組織であれば。

「……ああ。そうだよ。そんなバカげた推理を本気にしてくれて、魔力の感知に優《すぐ》れた団員たちが、集中してオマエの魔《マナ》を感知してくれた」

そしてその結果、彼から『原罪』の魔《マナ》が出ていると判明した。

「オマエを大人数で取り囲むために、この短時間でこれだけの人数が集まってくれた。もしオマエがここに自分から来なくても、誘い出す手段だって用意してくれたんだ」

非番の者も任務明けの者もいた。それでも駆《か》けつけて、惜《お》しみない協力をしてくれた。

「たったひとりの団員のために、ほかのみんなが動くことができる。たったひとつの事件を解決するために、これだけの人数が一丸《いちがん》となれる……オマエがいままで相手にしてきたのは、そういう組織なんだよ」

集まった団員たち、ひとりひとりの顔を見回してから、ユノは言う。

「で、オマエがさんざん悪《わる》さをしてきたところは、その組織が命がけで守ってる国だ……これ以上、オマエに好き勝手なことをされてたまるか」

――この国も、魔法騎士団も好き。

先ほど言ったその台詞《せりふ》を思い出し、その思いをより強固なものにしながら、ユノは力強く言い放った。

「…………ふんっ」

その気迫に、化身はわずかに気圧《けお》されたように目を逸《そ》らし、しかしそれを隠すようにして、

「あ、そ……ま、どうでもいいんだけどね～。確かに僕も油断してたよ。シリカの……子どもの前だったらブックポーチくらいいつけてもいいって思っちゃったけど、それがこんな結果を招いちゃったんだからねえ～。いやあ、失敗失敗」

おどけたようにそんな悪態をついてから、わずかに視線を鋭くして告げる。

「こんなことなら、シリカを殺しとけばよかった……ホントに失敗だよ」

物騒《ぶっそう》なことを言いだす彼に団員らの緊張が高まる。そんななか、ユノはやはり冷たい目で、

「ちなみに、オマエが入ってきた瞬間、大広間一帯に結界《けっかい》を張った。外に出ることはできないし、外から中の様子が見えないようにもしてある。仮にほかの『原罪』が会場に紛れこんでいたとしても、ここで起こっていることは把握《はあく》すらできないんだよ」

そう。ほかの『原罪』が周囲に潜《ひそ》んでいる可能性もゼロではないので、そういった措置《そち》を取ったのだ。それに、結界で守られているとはいえ、大広間でいきなり戦闘が始まったら、町民たちがパニックになってしまうだろう。それを避けるためでもあったのだが、いずれにせよ、化身は物理的にも視覚的にも完全に孤立している状態なのだ。

「そうでなくても、この人数に囲まれてるんだ。おとなしく投降《とうこう》しろ」

言いきるユノにしかし、化身は口元に人差し指を添えて、

「ん～、じゃあ逆に、この人数を突破《とっぱ》して、結界も破れれば、投降しなくてもいいってこと？」

「はぁっ⁉ アンタバカ⁉ そんなことできっこないでしょ！」

ベルの罵声《ばせい》に動じた様子もなく、化身は軽く周囲を見回して、

「どうかなあ。頑張ればできると思うよ……だって」

その目に、怪《あや》しい光を灯《とも》しながら、言った。

「——僕、オリジナルの『原罪』だから、いろいろなことできるし♪」

「え……」

と、ユノが声を漏《も》らした、その直後、

「「「「ぐああああああ……あ、があああぁァぁぁァぁッ！」」」」

数人……いや、十数人の団員が、いっせいに頭を押さえて苦しみだしたと思ったら……。

「オ、オイ！　どうしたオマエ、急に魔法を……あぐっ！」

「バカ！　こんな狭い場所で、そんな大規模な魔法を使うな！」

その十数名が、正気を失ったような様子で周《まわ》りの騎士団員に攻撃をし始めたのだ。

「……なっ！」

ユノが動揺した隙《すき》に、化身はユノの手を引《ひ》き剝《は》がし、軽やかな動きで壇上へと飛び乗った。

「キシシ♪　第一関門突破《かんもん》だね！　もう包囲を抜けられちゃった〜」

「オマエ……なにをした⁉」

「見ての通り、遠隔操作で魔《マナ》と人格を暴走させてあげただけだよ。まあ、オリジナルの僕にしか使えない魔法だし、波長があった人にしかきかないんだけど、思ったよりたくさんの人がかかってくれてよかったよ」

化身の言う通り、集まったうちの三分の一程度の団員が彼の魔法にかかった様子で、周囲を無差別に攻撃している。正気を保《たも》っている団員がそれを止め、混戦の様相を呈していた。

「キシ♪　ありがとね――わざわざ僕が、一番力を発揮できる環境を整えてくれて」

化身が告げるのと同時、彼の背後で見えない触手《しょくしゅ》が創成《そうせい》されるのが気配で伝わった。

それらはのたくる蛇《へび》のように伸びあがり、先端をユノに向けて不気味に揺れている。

「……さあ、僕の新しい宿主になってもらうよ、ユノおにいちゃん」

――『原罪』との最後の戦いが、始まる。


「風魔法《かぜまほう》〝暴嵐《ぼうらん》の塔《とう》〟」

ユノが念《ねん》じるのと同時に、化身の足元に風の力場《りきば》が発生し、そこを起点にして空へと突き上げるようにして竜巻《たつまき》が発生する。化身は大きく横に飛んでそれを躱《かわ》し、同時に様々な角度から見えざる触手を繰り出してユノを攻撃するが、

「うおおおおおおぉぉぉぉぉォォォォッ！」

瞬間、アスタがユノの背後から飛び出してきて、襲いくる触手を次々と斬《き》り刻《きざ》んでいく。

多彩な風魔法を繰り出すユノと、氣を読むことで見えない触手を察知して攻撃するアスタ。

『原罪』との戦闘が始まってから数分、ふたりの活躍で戦線は維持できていたが、戦局は決して五分五分《ごぶごぶ》ではない。暴走した団員たちを止めるのに人数を割《さ》かれているので、まともに

化身の相手をできているのが、このふたりくらいしかいないのだ。

……そして、いつまで団員たちの暴走を止めていられるのかも、わからない。

「……なんだよアスタ。オマエ、おじいさんになったんじゃなかったのか？」

ネガティブな思いを散らすため、ユノはアスタと並び立ちながら軽口を振る。すると、彼は化身に剣を構えたまま獰猛《どうもう》に笑って、

「さすがにこの状況で腑抜《ふぬ》けてらんねえよ……まあ、やりづれえ相手ではあるけどな」

しかし、少し焦りを感じているように、額《ひたい》に汗をにじませながら告げた。

「相手が子どもだって思うと、いまいち全力が出しきれねえ……！」

「……安心しろ。見た目子どもだけど中身はヤバいヤツだ。オマエと一緒だ」

「誰が見た目子どもだコラァッ！」

「ヤバいヤツなのは否定しねーのかよ」

そんな軽口を挟みつつも、化身との苛烈《かれつ》な攻防は続く。が、アスタの言った通り、その攻撃はいまいち精彩《せいさい》を欠《か》き、なかなか決定的な一打にはつながらない。ユノのほうも小技《こわざ》だけを繰り出しているので有効打とはならず、膠着《こうちゃく》状態に陥《おちい》ってしまう。

このままではマズいことはわかっている。ズルズルと戦いが長引けば、暴走した団員の手にかかり、死人が出ることだって考えられるのだ。

それは理解しているが、どうすることもできず、ユノが焦燥《しょうそう》を募《つの》らせていると……。

「キシシ♪　焦ってるみたいだね～……ちょっと休憩《きゅうけい》がてらに、僕と取引しない？」

ユノとアスタが揃って『原罪』と対峙《たいじ》したとき、『原罪』はそう言ってピタリと攻撃の手を止めた。もっとも、触手は消さずにその場で待機させているだけのようだが。

ユノも身構えたまま、目を細めて聞き返す。

「取引だと？」

「そうそう。いますぐ下の人たちの暴走を止めてあげるからさ、その代わりに……」

そこで彼は、ユノとアスタを指差しながら、おもちゃでもねだるようにして告げる。

「ユノおにいちゃんか、アスタおにいちゃんの身体を、僕にちょーだい。それと、ここから安全に逃がしてよ」

「ふざけんな！　それのどこが取引だ！　不公平すぎるだろっ！」

すかさずアスタが叫ぶが、化身は混戦状態の客席を見ながら、

「本当にそうかなぁ～？　このまま戦いが長引けば、下の人たちが死んじゃうし、結界《けっかい》を破るくらい大きな魔法を使っちゃうかもしれない。そしたら、街《まち》の人たちもたくさん死ぬね！」

押し黙るアスタに気をよくしたように、『原罪』は愉快そうに笑いながら話を続ける。

「でもいまだったら、おにいちゃんたちのどっちかが僕に身体を奪われて、逃げられるだけ

ですむんだよ。これってすごくない!?　また僕を探せばいいだけだし、うまくすれば身体だって返ってくるかもしれないんだよ!　とってもお得な話だよね、ねェッ!?」

「…………っ」

『正解なんてないような選択を迫られることだって、きっとあると思う』

先ほどのヴァンジャンスの言葉がユノの胸の内へと広がって、滲《にじ》んでいく。

騎士団員として、得体の知れない危険な魔導具との取引になど応じるわけにはいかない。すぐに戦闘を再開し、勇敢に立ち向かうべきだろう。

しかし、化身の言っていることもまた事実だ。このままでは、民衆にまで被害が及んでしまうかもしれない。みんなの身を守るために、この身を差し出すべきだろう。

正解なんて存在しない。あったとしても、それは結果論であって、この場においてどちらの判断が正しいかなんて、誰にもわからないのだ。

――しかし。

(自分の納得のいく、決断をする……)

そんな当たり前の言葉を、ユノは授《さず》かっている。

ヴァンジャンスが――クローバー王国の英雄が、気の遠くなるような選択と決断の果てに行きついた『当たり前』を、ユノは授かっているのだ。

この場において、ユノ自身がもっとも納得のいく決断は……。

「……わかった。オレがオマエの宿主になってやる」

「ちょ……ユノッ⁉　なに言ってんのよアンタ！」

ベルの制止を無視し、ユノは一歩前へと進み出る。『原罪』は疑わしげに目を細めて、

「え〜、ホントになってくれる気あるぅ？　なんか、ハメる気満々の目をしてるんだけど？」

その言葉に、ユノは無言で右手を上げ、空に向けて全力で〝暴嵐《ぼうらん》の塔《とう》〟を放つ。すると上空の結界の一部が壊《こわ》れ、人がひとり通れるくらいの穴が空《あ》いた。

「オレを宿主にしたら、あそこから逃げろ。外には団長たちがいるけど、誰か適当に人質にとればいい。ただし、あとでその人質も無事に返すと約束しろ」

その言葉にベルは顔を青くする。まさか本気で『原罪』との取引に応じるつもりで……？

「……オイ、ユノ」

ベルがそんな想像をするなか、アスタはジッとユノの後ろ姿を見据えながら、

「なにか、考えがあるんだよな？」

その声に、ユノは振り返らないまま、少しだけ間をためて、

「あとは頼んだぞ……アスタ」

そうとだけ言い置いて、ゆっくりと『原罪』に向かって歩いていった。

「キッシシ♪　なんかよくわかんないけど、本気みたいだね！　じゃ、ちょっと大量の魔力を流しこむけど、頑張って我慢してね！　死ぬほど痛いから！」

無防備なユノの身体に触手を巻きつけると、化身は勢いよくユノに向けて駆ける。

そして懐から白い魔導書《グリモワール》――『原罪』を取り出したのだが……。

「なぁんてね♪」

そのままユノの横を通り過ぎると、油断していたアスタの身体に『原罪』を押しつけた。

「やっぱりユノおにいちゃんはやぁめた。宿主にするのは、アスタおにいちゃんにするね」

「グアッ……あ、アアアあアあぁぁぁァァァぁぁァあああァッ！」

『原罪』を押しつけられたアスタは、悲鳴をあげながらガタガタと痙攣《けいれん》している。

「……オイ、約束が違うぞ！」

触手に拘束《こうそく》されながらも、ユノは必死に叫ぶ。『原罪』はわずかに振り返って笑《え》みながら、

「なぁにが『約束が違う』だよ。どうせユノおにいちゃんだって、なにかして僕をハメるつもりだったんでしょ？　最後まで目がギラギラしてたし、そもそも僕を『原罪』だって特定して、こんな大規模な罠《わな》を仕掛けた人の言葉なんて、信じられるわけがないでしょ」

蔑《さげす》むようにそう言ってから、彼はアスタの二本の剣を見て、少し苛立たしげに、

「それにこの剣……君たち人間が持ってていいものじゃないんだ。返してもらうよ」

そうとだけ言ってから、再びユノのほうを向いてにっこり笑うと、

「暴走を止めるっていうのもウソだからね。子どもと大事な約束なんてしちゃダメだよー」

「…………！」

その台詞に、ユノはうなだれるようにして下を向く。

——納得のいく決断をする。それがまさか、こんな結末を生むことになるなんて……。

「……ビックリするくらい計算通りだ。本当にこんなうまくいっていいのか？」

「……え？」

ユノの独白に、化身が間の抜けた声を出しながら首を傾げた——その時。

「いってぇなこの野郎！　なにすんだよ！」

アスタはひと通り苦しみ終わってから、正気を取り戻したようにそう言って、

「……え？　ちょ……あれ、なんで乗っ取れなっ……ふげぶぅっ！」

テンパる化身の頭を軽くひっぱたいて、その懐にある『原罪』を無理やり引っ張り出し、

「オラァッ!!」

その中心を、大剣で勢いよく刺《さ》し貫《つらぬ》いたのだった。

「カッ……！」

とたん、ステージ上を埋《う》め尽《つ》くしていた見えない触手の気配は消え、暴走をしていた団員

達も、意識を失ったようにその場に倒れこんだ。

「……え、ちょ……なん……で？」

化身自身も倒れこみながら、目の前の出来事が信じられないとばかりに目を見開いている。

「あれ？　言ってなかったか？」

みじめなその姿に近づくと、ユノはアスタの頭をわしゃわしゃとしながら告げた。

「こいつ、生まれつき魔力がまったく無い体質だから、魔力を媒介《ばいかい》にして寄生《きせい》するっていう形をとってるんだったら、たぶん乗っ取れないけど、そのことを了承したうえで乗っ取ってください……って。まあ、子どもとの約束だから、説明しなかったかもな」

「ふ、ふざけ……！　グフ……」

言葉の途中で、化身は意識を手放したようだった。

その様子を見てから深い安堵《あんど》の息をつき、ユノは大声で全体に呼びかける。

「ミモザ、化身の……いや、アルの治療をしてやってくれ。ほかの人たちも、怪我《けが》をした団員の治療にあたってください……オレたちの勝ちです」

うおおおおおぉぉぉッ！　という勝鬨《かちどき》がいっせいにあがり、それを壇上で浴びるユノは、さながらこの戦いを勝利に導《みちび》いた英雄のような格好となってしまった。

勘弁《かんべん》してくれ……とは思ったが、ともかく死人を出さずに勝てて、本当によかった。

「オイ、イケメンコノヤロー！」

「……げふっ」

安心しきっていたところ、わき腹にアスタのパンチが突き刺さり、思わず変な声を漏《も》らしてしまう。そんなことにはかまわず、彼は勢いそのままにユノに詰め寄ると、

「オマエ、こうなることがわかってて、『原罪』に身体をやるなんて言ったろ！」

わき腹を軽くさすりつつ、しかしこの痛みも当然か、と思いながらユノは答えた。

「まあな。アイツがひねくれ者だっていうのはわかってたから、なにか企《たくら》んでる感じでそう言えば、オレじゃなくてオマエのほうにいくと思ってた」

魔力の無いアスタを乗っ取ることは不可能だと思っていたし、隙《すき》さえ作ればアスタが『原罪』を破壊してくれると信じていた。アスタに痛い思いをさせてしまうことは申し訳なかったが、それはまあいつものことなので、そういった決断を取らせてもらったのだ。

結果、こうして勝ちをつかみ取れたのだが、アスタは納得のいっていない様子で、

「それはいいけど、もし本当にオマエが乗っ取られたらどうするつもりだったんだよ！」

「……いや、そしたら、より確実に勝ってただけだろ」

ユノは小さく笑いながら、再びアスタの頭にポンと手を置いて、

「もしオレが乗っ取られても、オマエなら絶対にどうにかしてくれると思ってた……だから

あのとき、『頼んだぞ』って言ったろ」

　ユノのその言葉に、アスタはしばらく呆《ほう》けたような顔をしていたが、やがていつものようにニカっと笑って、ユノのわき腹にもう一発パンチを繰り出した。

「うるせえイケメン！　そんなんで言いくるめられると思うなよ！」

「いや、言いくるめられなくていいから、ツッコミの加減《かげん》を覚《おぼ》えろ。暴力だぞ、これ」

　と、いつも通りのバカ話が始まりそうになった、そのとき……。

「ま……だ、だ……！」

　――アスタに差し貫かれたままの『原罪』から、そんな声が聞こえてきて、

「まぁだぁだぁあああああぁぁぁぁぁアアアッ！」

　カッ！　と、『原罪』の中央に金色の瞳《ひとみ》が生じるとともに、その身が勝手に動きだし、自身の身を引き裂くことによってアスタの剣から逃れた。

　そのまま金色の光の尾を引いて上空へ飛び立ち、ユノが空けた穴へと向かう。

「……ウッソだろ⁉　アイツ、あんなこともできんのかよ⁉」

「みたいだな……けど、できるなら最初からやってたろうから、たぶん、最後の力を振り絞ってる感じなんだと思う。もうひと押しだ」

　ユノとアスタはそんな会話をしながら、ユノの風魔法で『原罪』の後を追った。

その最中、アスタは剣を持ちながら手を水平に突き出し、集中するように瞑目《めいもく》して、

「……おおおおおぉぉぉぉォォォォォッ!!」

その半身から黒い魔力を立《た》ち昇《のぼ》らせた姿……反魔法《アンチ》の力を纏《まと》ったブラック状態となって飛び立ち、『原罪』の後を追った。

「オイ、テメエ!! オレに言われたくねえとは思うけど、往生際《おうじょうぎわ》が悪ぃぞ! いい加減観念《かげんかんねん》しやがれ! オレに言われたくねえだろうけどっ!!」

「キシ……シ♪ なにも、助かりたくってやってるんじゃ、ない……よ」

苦しそうな声でそう告げると、『原罪』は結界の穴を抜けて、王都を睥睨《へいげい》するようにギョロリと目玉を動かした。そうして、みるみるうちにその魔力量を増大させていく。

「でも、ひとりでは死なない……この街を巻きこんで、自爆してあげるよ……!」

「……ざっけんじゃねえ!! ンなことして、オマエになんの得が……!」

「無駄《むだ》だアスタ……損得なんて関係ない。そいつにはそいつの事情があって、そういう決断をしてるんだろ」

そこでふたりに追いついたユノが、アスタと並んでそう告げる。

『原罪』はその目を見開き、怨嗟《えんさ》にまみれた大声を吐き出した。

「うるさい……うるさいうるさいうるさいうるさい! オマエに僕のなにがわかる!? 事情も知らな

いくせに、わかったような口をきくなァッ！」

「わからないな……わからない。けどオマエと同じで、こっちにもこっちの事情がある……絶対に譲《ゆず》れないものも、守らなきゃいけないものもな」

ユノはそう言って、ベルと目配せをし――。

コゥッ……！

周囲の魔《マナ》が引き寄せられるようにユノの身体に集束《しゅうそく》し、同時にその身が淡い緑色の光に包まれる。やがて左半身から精霊のような光の羽が生《は》えて、緑色の光に包まれた左手には、王冠のような環状《かんじょう》の光が生じる。

――精霊同化〝スピリット・ダイブ〟

そのすさまじいまでの魔力量を目《ま》の当《あ》たりにし、『原罪』は愕然《がくぜん》としたように動きを止め、それを仰《あお》ぎ見《み》る民衆までも口を開いて呆然《ぼうぜん》としている。

これが、底知れない努力の果てにたどり着いた、精霊魔法の極致《きょくち》……！

見るものすべてをそう思わせるほど圧倒的な魔力を纏ったユノは、しかし少し悲しそうに、

「だから、オレはこういう決断を取らせてもらう……悪いな」

そう言って、左手を『原罪』に向けた。

「風精霊魔法〝スピリット・ストーム〟」

グォンッ!!

─グゥア……ア、ガアあああぁあぁあぁァあァあぁァアァッ!!」

爆音を伴《ともな》って射出された光の渦《うず》は、『原罪』をその魔力と悲鳴ごと呑《の》みこみ、王都《おうと》の空へと散らせていったのだった。

（……どうにか、無事解決したようだね）

ヴァンジャンスは、活気と平和を取り戻した広場の中を歩いていた。

見回りをしているわけではない。ただ単純に、楽しそうにしている町民や団員たちの顔が見たかったので、散策をしているだけだ。

あの後、騒動の後片づけや、町民への説明などは、とてつもない苦労を要することになる……と、思われたのだが、意外とスムーズにことがすすんだ。

『原罪』が会場の中に紛れこんでいたと説明した時には、少なからず混乱が広がったものの、それを倒したことを説明する際、ユノとアスタを『危険な魔導具に立ち向かった英雄』として祭り上げることで、民衆たちの不安をかき消し、祝勝モードへ導くことができたからだ。

そんなプロパガンダ──というと聞こえが悪いが、民衆の不安を少なくするための措置なのだからしかたない──の甲斐《かい》あって、今日一日で失った信頼を取り戻した魔法騎士団は、戦闘でボロボロになった大広間の修復をするとともにイベントを継続していた。中止にしようと考えていたのだが、民衆からの支持もあって、予定通りに継続することにしたのだ。

せっかくなので、ヴァンジャンスも少しはお祭りの雰囲気を楽しもうと考え、こうしてひとりで歩いて回っていたのだった。

……いや、厳密にいえば、ひとりで、ではない。

というかヴァンジャンスは、生まれた時から自分ひとりでいたことなどないのだ。

(それで、『原罪』のオリジナルを見た感想は、どうだったかな?)

ヴァンジャンスは自身の胸の内に――この身体を共有するもうひとりの自分、パトリに向けて、そんな質問を投じた。

(……うん。やっぱり僕の見立て通りだったみたいだ)

質問からややあって、胸の内側からパトリの声が返ってくる。

こうして魂《たましい》を通じて意思の疎通《そつう》ができるようになってから長い時間が経《た》つが、いまのように公衆の面前で言葉を交《か》わすことは稀有《けう》だった。

しかしヴァンジャンスは、なるべく早急にパトリに聞いておきたいことがあったのだ。

(……ということは、やはり『原罪』とは、数百年前に君たちエルフが、人間と共同で作った魔導具の試作品のひとつ……だったということかい?)

胸の内で、パトリが静かに頷く気配が伝わった。

(……実際にこの目で見るまで信じられなかったけどね。まさかあの当時に作った魔導具が壊れずに残っていて、しかも現代に蘇《よみがえ》るなんて……)

最初は、ただそれに似ているものを誰かが作り、巷《ちまた》に流しているだけかと思った。

しかし調査を進めていくうちに、その古代の魔導具と、『原罪』の類似点が目立つようになってきたのだ。そして先日、シャーロットが『原罪』の化身と会話をしたことで、それは確信に変わっていった。

『原罪』の化身として顕現《けんげん》した人物――それは、当時魔道具作りに携《たずさ》わっていた『ドルト』という若いエルフと非常によく似ているのだという。

もっとも、彼自身の魂が『原罪』の中へ入ったわけではなく、残留思念のようなものが宿っただけだったようだが、いずれにせよ、明確な関連性ができたのだった。

ヴァンジャンスはパトリに訊ねる。

(前に聞いたことの確認なのだけど、『原罪』とは本来、持ち主の魔力を少し高める程度の、平和的な目的で開発されたものなのだよね？　名前ももともとは違ったとか)

(うん。けど……)

そこでパトリの言葉に、深い殺意や憎しみなどが宿るのを、ヴァンジャンスは感じた。

（五百年前……僕たちエルフが人間に嵌《は》められ、弄《もてあそ》ぶように殺された、あの日の深い怒りや苦しみが、ドルトさんの残留思念とともに宿ることによって、その機能を凶悪なものに塗《ぬ》りかえていったんだと思う。長い時間をかけてね）

吐き捨てるように言ってから、少し考えこむように間をためて、

（けど……それが現代に蘇った理屈に関しては、よくわからない。たぶん、僕やほかのエルフたちが転生したことで、その魔力に触発されてしまったのだろうけど……いずれにせよ、これは本当に僕の意図したことじゃないよ）

（もちろんわかっているよ。だからこそ、いろいろと協力してくれたのだろう？）

『原罪』がエルフの生み出したものだとわかり、その危険性を再確認したヴァンジャンスは、パトリから情報をもらいつつ、早急に手を打つことにした。

そこで思いついたのが、このイベントだ。『原罪』は常に強者を宿主とすることを求めている。だから魔法騎士団――国内でも屈指《くつし》の強者《つわもの》たちと近距離で触れ合える機会を設《もう》ければ、各地の『原罪』が動くのではないかと判断したのだ。

もっとも、ただ捕まえるだけならこんな回りくどいことをする必要もなかったのだが……。

ともあれ、ヴァンジャンスは感謝の言葉を胸の内に送る。

（おかげでいろいろと助かったよ、パトリ。それと、オリジナルの『原罪』が破壊できれば

『写本』のほうも消滅をする……という話だったけれど、これは引き続き調査を進めていこうと思う）

（うん。それに関しては憶測だからね。まあ、たぶん大丈夫だと思うけど……）

パトリの言葉の中に、再び黒い感情が流入していく。

（僕たちの宿願《しゅくがん》が果たされる日も近い。その前に、イレギュラーになりそうなものは排除しておきたいからね……よろしく頼んだよ）

（……ああ。わかっている）

短くそう答えると、パトリの意識が胸の内に溶《と》けていくのを感じた。

ヴァンジャンスは胸に手を当てて、そのまま軽く拳《こぶし》を握《にぎ》る。

——宿願が果たされる日が近い。

つまり、それは……。

「あ、ヴァンジャンス団長。お疲れさまです」

暗い思考にふけっていると、横手から声をかけられる。そちらを向くと、ユノとアスタ、そしてノエルとベルもこちらへとやってくる様子が見て取れた。筆などを持っているところを見ると、どうやら再開したお絵かき教室の手伝いをしているようだ。

ヴァンジャンスが挨拶《あいさつ》を返す前に、ユノが口を開く。

「もう報告がいっているかも知れませんが、シリカは会場をひとりで歩いているところを保護されました。アルも意識を取り戻したそうです。どうやらアイツ、数週間前に森の中で『原罪』を拾ってから記憶が飛んでいるそうで、その間ずっと乗っ取られてたみたいですね」

「ああ。それも含めて聞いているよ。心のケアが必要になってくるかもしれないから、全面的にサポートするように言い含めておいた」

そう言うと、ベルが感心したように大声で返す。

「さっすがヴァンジャンス、仕事が早いわね～！　ついでに、私とユノはこの後デートがしたいから、今回の報告書作りも免除《めんじょ》してよ！　アスタが代わりにやってくれるらしいわよ！」

「しねえよ！　しかもその理由なんすか！　ってか、そもそもデートってなんなんすか!?　いいかげん誰か教えてくれよ！」

すかさずアスタがツッコみ、そのまま四人で賑《にぎ》やかなやりとりに興じていく。

笑顔で彼らを見つめながら、ヴァンジャンスは先ほどの思考を再開した。

こんな方法で『原罪』をおびき寄せたのは、彼ら……主にユノの成長を促《うなが》すためだった。『原罪』の宿主がアルだということもわかっていたが、彼に特定させるために泳がせたのだ。

我ながら回りくどく、危険な方法だったとは思う。もちろん、町民に危害が加わるようなことはないように目を光らせていたものの、怪我人が出ないという保証はなかったからだ。

しかし、ヴァンジャンスに残された時間は、もう長くはない。

限られた時間の中で、より多くのものを授《さず》けるには、この機を利用するしかなかったのだ。

危険を冒《おか》しただけあって、得るものは大きかったと思う。事件を解決したことで、ユノはさらにたくましくなったように思えるし、より多くの民衆から支持される形にもなった。

そして、ヴァンジャンスが『できなかったこと』を託《たく》すこともできた。

その時々で、自分が納得できる決断をする。

それは本当に当たり前のことだ。人に諭《さと》されるようなことではないかもしれないが……。

ヴァンジャンスは、最後の最後でそれができなかった。

ずっと共に生きてきたパトリと、生きる道を指《さ》し示《しめ》してくれたユリウス。

どちらを選ぶべきか決められず、どころかその答えをふたりに委《ゆだ》ねようとしているのだ。

自分で自分のことを、最低な男だと思う。

だからこそユノには――自分が期待を寄せている団員には、こんな思いをしてほしくない。

自分の選び取った未来で、後悔のないように生きてほしい。

そんな思いから、その言葉の重要性を伝えるため、彼にはそう言ったのだった。

その言葉がきちんと伝わっているか、少し不安だったのだが……。

「……ユノ。そういえばまだ言っていなかったけど、今日は本当によくやってくれた。マルクスの通信魔法《つうしんまほう》で戦闘の様子を見ていたのだけど、本当に見事だったよ」

心からの言葉として、ヴァンジャンスはユノにそう言った。

今日のユノの戦闘を見ていればわかる。

彼はヴァンジャンスの言葉を理解し、きちんと実行してくれた。

後悔の残らない選択と決断を繰り返し、あの絶望的な戦闘を勝利へと導いたのだ。

「今後とも、君の活躍には期待しているよ……うん。本当にね」

その姿を目の当《まあ》たりにして、ヴァンジャンスは安心するのと同時に、さらに身勝手なことまで彼に期待してしまう。

この先、どんなに大変なことが起きても、彼なら世界を前向きな方向に導いてくれるのではないか。

ヴァンジャンスが作りたくても作れなかった未来を、彼なら実現してくれるのではないか。

——そんな身勝手な思いまで、彼に託したくなってしまうのだった。

「ありがとうございます。ヴァンジャンス団長がしてくださった話のおかげですよ」

ユノは小さく笑いながらそう言って、続く言葉を口にしようと思ったのだが、

「あ、アスタ。そういえばそろそろ、劇のリハーサルの時間じゃない？」

と、ノエルがアスタに呼びかけたことによって、会話が中断されてしまった。

というか、まだあの劇やるつもりなのか……と、いろんな意味で意外に思うユノの横で、アスタは『もうそんな時間か！』と慌《あわ》てて羊皮紙や筆を机の上に戻す。

そして、なにかを思いついたようにユノを見て、笑顔を浮かべながら言った。

「そうだユノ、オマエも来いよ！　いまならなんかの役で出られるかも知れねーぞ！」

「いや、オレは本部に戻る。報告書を作らないとだし、次の任務の準備もあるから」

「……そっか」

と、アスタはやや残念そうな様子で答えた。ユノだってもう少しくらいここにいたかったのだが、やることが山積《さんせき》しているのも本当だ。私情を理由に任務を先延ばしにはできない。

……それに。

「なんだよアスタ。がっかりしてんのか？」

「は、はあぁ⁉　してるわけねーだ……あ？」

すかさず言い返すアスタに向けて、ユノはおもむろに拳を突き出した。

そうしてから、やや挑発的に笑って、言う。

「そんな落ちこむなよ……同じところ目指して、同じ道を走ってるんだから、どうせまたすぐ会うだろ」

——どっちが魔法帝になるか、勝負。

ふたりが交わしたその約束がある限り、アスタとユノは、この先何度も顔を合わせることになるだろう。

そしてそのたびに、お互いの成長を肌で感じ、触発され、より大きく成長していくための糧《かて》としていく。

それを繰り返すことによって、ユノとアスタはここまで来ることができたのだ。

これからだって、そうしてお互いを高めあっていくことになるのだろう。

「……ま、アスタよりもオレのほうが、だいぶ先を走ってるけどな」

そして、きっといつか……という思いを込めながら、ユノは力強く告げた。

「魔法帝になるのは、オレだ」

「…………っ」

アスタはその言葉に触発されたように、勇ましい笑顔を浮かべながら、ユノの拳に自分の拳を叩きつける。

「あぁ!?　だから、べつにがっかりしてねえし、魔法帝になるのはオレに決まってんだろ！　オマエがどんだけ先に行っても、限界超えて食らいついてやるから、覚悟しとけコラァァ！」

「いや、食らいついただけだと、オレより前に行けないだろ。やっぱりオマエじゃ無理だ。がっかり帝を目指せ」

「がっかり帝⁉」

と、ふたりがいつものバカ話に興じ始めたところで、ノエルは少しだけ悔しそうに、しかし、安心したような笑顔を浮かべ、アスタを小突いた。

「……ホラ、早く行かないと。メレオレオナ団長に叱られるわよ」

「おう！　じゃあユノ、またな！」

そんな元気いっぱいの言葉と、満面の笑顔を残し、アスタはユノの前から走り去っていく。

ユノも小さく笑いながら顎を引き、彼を送り出す言葉を言おうと思ったのだが……。

「アスタァァァッ！　貴様、こんなところで油を売っていたのかァ⁉」

ズシンッ！　という破壊の足音とともに女獅子がやってきて、ライオンの手を模した炎魔《ほのおま》法《ほう》でアスタの頭をつかみ取った。

「い、痛《いて》ェッ！　ちょ、メ、メレオレオナ団長！　力加減間違えてますよ！　この力、人の頭を砕《くだ》くときに込めるやつです！」

「間違えていない！　決められた時間も守れない者には、これくらいの仕打ちが正当だ！」

そう叫んでから、メレオレオナはまだまだ言い足りないとばかりに歯を剝き出して、

「それに、先ほどの戦闘はなんなのだ⁉　確かに『原罪』の相手は若い衆に任《まか》せるとは言ったが……貴様らも含めて、全員が腑抜《ふぬ》け過ぎだ！　『白夜の魔眼』の本拠地に奇襲をかける直

前だというのに、この体《てい》たらくでは先が思いやられるぞ！」

「いや、メレオレオナ団長、それはないですよ！　アスタだって、その……が、頑張ってたって思いますし……」

ゴニョゴニョ……と言葉を濁すように言うノエルを、メレオレオナはギロリと睨みつけて、

「どこがだ⁉　とくに終盤などは、無駄に反魔法《アンチ》の状態になっただけでなにもできていなかったではないか！　そんなことだから選抜試験でも負けたのだろう⁉」

「ぐゥッ！」

ボギャッ！　と、アスタの中でなにかが派手に折れる音がした。

おそらく、メレオレオナの言葉によって、アスタの心が再びへし折れたのだろう。

それからほどなくして、彼は再びおじいさんのように『ほけ〜』とし始める。

「……ああ。そうだった……オレ……選抜試験で、ユノと戦えなかったんだ……」

その様子を見て、ノエルは涙目になりながらメレオレオナへ抗議した。

「ほら、また心が折れちゃったじゃないですか⁉　どうするんですか、これ⁉」

「フハハ！　ちょうどよい！　このイベントが終わった後に、臨時で温泉合宿を開くつもりなので、コイツもそれに連れていく！　このたるみきった態度を鍛《きた》え直してやろう！」

そんな穏やかではない会話をしつつ、三人はその場から歩き去っていった。

その様子を引きつった笑顔で見送りつつ、ヴァンジャンスは重たげに口を割る。

「……大丈夫かな、アレ。大変なことになりそうだけど、助けに入らなくてよかったのかい？」

「大丈夫です。あれでもオレのライバルなんで、きっとどんな困難も乗り越えるでしょう」

ユノはすごい早口で言いきった。自分が巻きこまれないために『ライバル』という言葉を濫用したわけではない。決してないのだ。

ユノがそんなふうに気持ちに折り合いをつけていると、ヴァンジャンスは『……そうかい、ならいいのだけど』と、心中を察するように頷いた。

そうしてから、なにかを思い出したようにユノに訊ねる。

「そういえば、話が途中で途切れてしまったね。さっき……暴牛の彼女が君の幼馴染《おさななじみ》に話しかける前に、私になにか言おうとしなかったかい？」

「ああ。それなんですけど……」

さきほどまでとは打って変わったような真剣な表情になって、ユノはヴァンジャンスと目を合わせた。

「あの時の質問の答えが出ました……あの『魔法帝になるためなら、自分や他人の命を犠牲《ぎせい》にできるか』っていうあの質問です」

「ああ。それはあくまでもたとえ話だから、べつに答えはなくても……」

「いろいろ考えたんですけど、やっぱりオレ、他人の命も、自分の命も、どちらも犠牲にはできません」

ヴァンジャンスの言葉を遮って、ユノが答えた。そういえば彼は負けず嫌いな性格だった……ということを思い出しながら、ヴァンジャンスはその問答に向き合うことにする。

「うん。しかし、それではどうする？　魔法帝になるのを諦《あきら》めるかい？」

「いいえ」

ユノは即答し、ヴァンジャンスの目を見ながら、はっきりとした口調で告げた。

「誰も犠牲にせずに、魔法帝になる方法を考えます」

「…………」

質問の意図を無視した回答に、ヴァンジャンスは言葉を返せなかった。驚いた、というより、普段は理知的な彼からのセリフとは思えなかったので、単純に意外だったのだ。

……しかし。

「……うん。それが、君の『納得できる決断』なんだね？」

「はい」

「そうか。それならば、貫くといい……応援しているよ」

ヴァンジャンスはそう答えながら、静かに、密《ひそ》かに思う。

目的のため、選択肢《せんたくし》にはない選択を作り出す覚悟と、それを貫き通せるだけの確かな強さ。

それを行動と言葉で示した彼なら、あるいは本当に……。

誰もが笑って暮らせる世界を、築いてくれるかもしれない。

とはいえ、そんな思いまで彼に託すのは、さすがに身勝手すぎる。

ヴァンジャンスはなにも決められなかった人間だ。

決められないまま、数々の大きな負債《ふさい》を残し、この世界から消えていく。

だからそもそも、そんなことを託せる立場にはないのだ。

しかし……いや、だからこそ、か。

（祈ることくらいなら、許されるだろうか……？）

自分が描いた理想の世界と、ユノが作っていく未来が、重なることを夢に見ながら。

——消えゆく英雄は、答えのない問いを投げかけるのだった。

■初出
ブラッククローバー　ユノの書
書き下ろし

[ブラッククローバー　ユノの書]

2019年10月9日　第1刷発行

著　者／田畠裕基●ジョニー音田

装　丁／バナナグローブスタジオ

担当編集／渡辺周平

編集協力／北奈櫻子

編集人／千葉佳余

発行者／北畠輝幸

発行所／株式会社　集英社

〒101-8050　東京都千代田区一ツ橋2丁目5番10号
電話　編集部／03（3230）6297
読者係／03（3230）6080
販売部／03（3230）6393《書店専用》

印刷所／中央精版印刷株式会社

Printed In Japan　　ISBN978-4-08-703487-5 C0293

検印廃止